動物物語系列 4

勇闖南非親狐獴

享受擁抱的幸福時光

溫芳玲／著、攝影

狐獴哥哥奮不顧身搶救寶寶
強烈炙熱的愛不容天敵挑戰
跟著狐獴媽媽溫芳玲前往喀拉哈里沙漠
感受愛的溫暖懷抱。

晨星出版

推薦序

因為愛而產生的無限動能

——國家通訊傳播委員會主任委員

首先恭喜芳玲，又完成一本跟狐獴有關的書，更重要的是，這是她最在乎的下一代孩子們可以閱讀的書。你或許一生都沒有機會到非洲看狐獴，但透過她生動有趣的筆觸，好像在看紙本電影，且會收穫滿滿、內心充滿溫暖喔！

跟芳玲的緣份很奇妙。大約在五年前，一個私人餐會上，她背了一個自己畫的綠色狐獴大包包，當時我感到很好奇，她沒學過畫畫，因為很愛狐獴，居然就創作出如此具有神采的作品，甚至還拋下一切奔赴偏遠的南非喀拉哈里沙漠，只為了貼近觀察這觸動她內心的小動物。我直覺這背後應該有精彩又感動的過程！

於是我們相約，開始聊起這個充滿人味、超級迷你卻勇敢無比的動物。聽著她分享到沙漠的經歷，及狐獴家族愛的小故事。不知不覺中，我也愛上了狐獴！

他們的家庭關係及家人間的愛，確實是現代人迫切需要的；他們的勇氣與堅持，也是現今社會環境需要的正面力量。科技的發達，或許帶來許多便利，卻也讓我們因為忙碌與訊息的混亂，忽略與身邊的人，應有的愛意與表達。

就這樣，我們展開了一場狐獴大冒險：「想要做出一部以她生命故事改編的勵志商業電影。」為此，當時一起籌備電影的王育麟導演，還曾兩度隨芳玲遠赴非洲勘景。整個團隊一起努力了兩年多，雖遭遇許多預期之外的困難，讓我們的夢想至今還只是半成品，卻耗費了許多財力與人力。

眼前這一切付出看似一無所獲，對我們而言，實際卻是收穫滿滿的。夢想的實踐就是這樣，有時它需要一步一步慢慢地靠近，每次的失敗都可能是未來成功的基石；更珍貴的是，我從芳玲的投入與深入了解狐獴之後，得到的回饋與反思。這些珍貴參與的歷程，除了看見芳玲生命改變之外，更深刻體會到身心靈因為愛產生的動能，實在太驚人！我們也該學學狐獴，放下手機，天天好好享受一下甜蜜的家庭時光、片刻的寧靜，時時懂得道愛與道謝。

讓我們相愛吧！

——兩岸知名主持人及傑出演說家

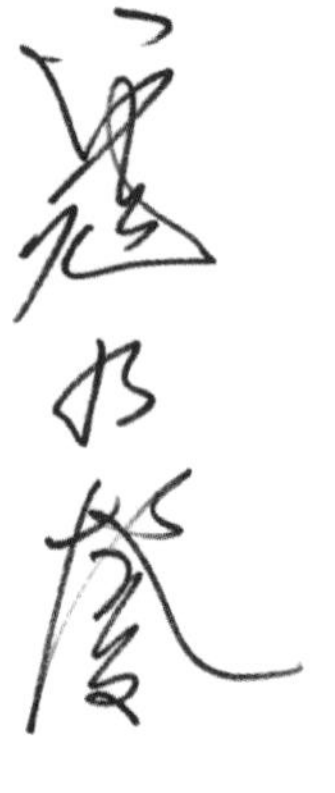

其實，當初聽學姐芳玲說要去南非沙漠看狐獴，一開始我並沒有太明白那是什麼樣的衝動？非洲？好遠啊！好玩嗎？

沒想到，她說走就走，完成了不可思議的觀察狐獴兼攝影記錄之旅！

透過她的冒險與鏡頭，我驚嘆不已地認識了這麼可愛的小動物！

很難忘記二〇一一年她第一次從沙漠回來的時候，拉著我跟國倫，在她剛創業的辦公室，拿出一張又一張放大的狐獴照片，熱情的說著每一張圖片背後愛的故事，我們都深受感動。想想，一個毫無攝影經驗的新手，冒然闖進貧瘠的沙漠，居然能收穫如此豐盛，拍下的每一張照片都充滿生命力！這肯定有上帝格外的恩典和引導啊！

當時，她眼中散發的光與熱，至今讓我印象深刻！後來，她開始進入校園演講、出書、進企業……分享狐獴的愛與勇氣、家庭與親情！也讓我看見她的生命，開始經歷極大的翻轉和改變！

她真的不一樣了！從前的她好強又聰明，終日疲於奔命追求工作的成就⋯⋯但，案子越接越大，錢賺得越來越多，卻總覺得她不夠快樂！

愛上狐獴後的她，主動放棄了許多私利、願意全然無私奉獻，為改變下一代孩子品格和生命而努力！也因此贏得媒體封她「狐獴媽媽」的美名。這個歷程，真是奇妙！

狐獴，就像是上帝特別派來讓她遇見的小天使，讓她曾經破碎的生命重新被醫治、療癒，建造。

芳玲，從狐獴身上漸漸學懂愛了！她開始願意分享愛、付出愛、真心不要回報的去愛！

所以閱讀這本書的你，也將進入一趟愛之旅⋯⋯

你不只能看到勇闖非洲遇見狐獴的故事，更將認識什麼是真正的愛？又該如何去表達愛？

最後，相信我們能一起練習活出愛！

你準備好了嗎？讓我們相愛吧！

讓我們可以同時擁有理性與感性：狐獴的日常，我們的遺忘

——國立臺灣師範大學環境教育研究所教授兼所長　葉欣誠

芳玲又有狐獴的新作了！從她的第一本狐獴書到現在，有幸幾次在書中分享我的感想與心得，而每次也給我自己一些新的啓發。

第一次看到芳玲的狐獴書，除了覺得狐獴真「萌」之外，讓我印象最深刻的是狐獴的家族生活與背後象徵的各種我們希望仍能保有的人類美德：無私、團結、樂觀、堅持……等等。簡單來說，就是「無條件的愛」！

這次芳玲在新書中，再度用她活潑生動又充滿熱情的筆觸，記載了她前往非洲沙漠與狐獴作朋友的歷程。這次幾個狐獴家族面臨各種重大挑戰，芳玲讓我們瞭解，狐獴的每一天，都是高低起伏，甚至驚濤駭浪。還有，狐獴有著驚人的心

智力量，面對每一個預期中與出乎意料的挑戰，決策明快乾脆，不拖泥帶水。擺脫了私心的障蔽，我們看到狐獴的智慧、耐性與對彼此最深沈的愛，讓家族與整個狐獴族群在殘酷的世界中，繼續往前走。

在人們大規模破壞了地球環境，大家都在談「永續發展」的今天，我在芳玲所描繪的狐獴家族故事中，看到了邁向永續的各種關鍵能力的完整配套。在狐獴的世界中，並沒有科技改變生活這件事情，讓他們始終保持初心，迎接包括氣候變遷在內的各種外來挑戰。十足理性的人類，看看現在的狐獴和以前的我們，讓無私與堅持的感性力量，翻轉情勢吧！

大自然裡，蘊藏著什麼？

——荒野保護協會第八屆理事長　劉月梅

大自然裡，到底蘊藏著什麼？
有些人，在大自然中觀察著昆蟲或動物的顏色搭配，而運用在藝術創作上。
有些人，聆聽著大自然的韻律聲響，運用在音樂創作上。
有些人，觀察著生物活動方式，打開心靈之窗，而有對生命體悟。
有些人，長時間觀察生物，而發現人類對大自然的掠奪及傷害。
大自然裡，到底蘊藏著什麼？
大自然裡，蘊藏著許許多多我們無法想像的內涵。
只要願意在大自然裡進行「自然觀察」，就可以真正「看見」。
本書的作者狐獴媽媽——溫芳玲小姐，雖然剛開始不善攝影、也對大自然有點陌生，但卻因為對狐獴的細心觀察及記錄，而熟悉狐獴家族成員、情感表達擁抱及其生活型態，也讓自己藉由此項觀察記錄愛上狐獴，也學會如何去愛家人。

看著《勇闖南非親狐獴》這本書，可以學習到對於未知的國度或領域，小心是必需，勇闖就是一個打開一扇窗的機會，而這扇窗會讓自己活得什麼，就由「自然觀察」的深度來決定了。

狐獴媽媽——溫芳玲小姐因為勇闖南非親狐獴，她看見「無私的愛」，在書中有段話說：「愛，有很多種，不是非要占有才是擁有。我們都應該明白以人為中心的思考觀點是自私的，迫使動物改變習性的飼養行為是錯誤的。讓我們所愛的動物，能在適合他的生長環境中，快樂地成長吧！」也在書中呼籲大家只要我們在日常生活中改變，動手做環保，小小的改變會累積出大大的成效，地球上現存的生物才能與我們一起永續生存。

大自然裡，蘊藏著什麼？進入大自然才能知道大自然裡蘊藏著什麼。

看著狐獴媽媽的故事分享，也學習著狐獴媽媽的勇氣讓自己進入大自然。

希望您看著狐獴媽媽的故事分享之後，您能進入自然，日後也能分享您的故事。

愛與勇氣的追尋之旅

——漢聲電台「朗朗讀書天」節目主持人　呂明珊

我的第一狐獴印象來自迪士尼動畫片「獅子王」裡面聰明搗蛋的丁滿，但那時我比較喜歡憨憨傻傻的澎澎。第二次注意到這種動物則是不經意看了幾集「狐獴大宅門」，雖然新鮮有趣，卻覺得過於擬人化，不太真實。直至看了芳玲的書寫，這些遠在非洲沙漠裡的小可愛，突然從虛擬動畫和八點檔連續劇裡跳出來，鮮明地在眼前展現著動人的生命之歌。

透過芳玲的文字，我們好像也跟著她去到了極炎熱又溫差極大的沙漠，晚上和各種蟲蟲同眠，白天跟著研究員追蹤狐獴覓食和行動，中間穿插介紹各種習性與生態。這應是國內唯一一本關於狐獴的近身觀察報導，十分珍貴。

這本書既寫狐獴的生態也寫芳玲自己的故事。我佩服芳玲的不只是她五次深入沙漠的勇敢，更是她誠實面對自己不堪過往的勇氣。芳玲掏心剖肺的說出自己心底的傷痛和遺憾，我們方才明白何以她會對狐獴的家族之愛那麼震撼、那麼感動。研究狐獴的同時，她也療癒著自己。

這是一本非常值得閱讀的書。做父母的將會明白愛和家對孩子有多麼重要；生命遇到挫折不要怕，抬頭挺胸再難都會過去；只要與親人在一起，哪裡都是溫暖的家。這雖然是芳玲和狐獴的愛與勇氣追尋之旅，當我們遇到疑難迷惑時，相信也能帶來靈感與啓示。不信？那我們來個狐獴式抱抱，你就會明白了！

跟狐獴學愛，有愛的人生是彩色的！

——新北市書香文化推廣協會理事長　蔡幸珍

我欣賞作者的坦白，願意真實面對自己，承認自己的軟弱，說出自己的人生困境，以及對愛的渴望，然而，作者並不自怨自憐，不放棄，而是順著感動自己的心和事，走一條較少人走的路，到非洲與狐獴相遇。在人生的黑暗幽谷中，狐獴的生活給了作者很多的啓示和感動。最特別的是狐獴們以「狐獴抱」來展開一天的生活，也以「狐獴抱」來結束美好的一天。原來「抱抱」是傳遞愛最簡單也是最直接有力的方式！回台灣以後，作者也以「愛的抱抱」和母親破冰，恢復關係。

作者將自己的生命故事與狐獴的群體生活交織成一個精彩的故事，藉著細膩的觀察與文字，讓讀者更認識狐獴這種動物，也從中得到人生處世的智慧。原來零體脂的狐獴每天努力為生命勤奮地覓食，原來狐獴也會捨身照顧弟弟妹妹，原來造物主已經將面對環境所需的種種神奇能力，放在狐獴的身上，也放在每一個人的身上了！

與神相遇，與狐獴相遇，改變了作者的一生，讓作者學會「愛是先付出，而不是一味的掠奪，每個成員都盡本分，也享受家人間的愛與保護」。學會愛，感受到愛，作者的生命不一樣了！有愛的人生，是彩色的！誠摯地邀請大家也來閱讀這本書，認識狐獴這種可愛而且有著堅韌生命力的動物，也從作者的生命見證中，來感受「愛」如何翻轉一個人的生命！我也期待看過這本書的人，每天都能給身邊的人一個「愛的抱抱」喔，以愛的抱抱展開一天的生活，把愛傳遞出去！

前言、是誰爲我們牽的線？

温芳玲

我從小就很喜歡獅子，喜歡萬獸之王的威猛和英勇，但我從沒想過有那麼一天，我會橫跨六個時區，飛到距離台灣七千英里遠的非洲，踏上遙不可及的偏僻國度，爲的不是我從小喜愛的獅子，而是另一個長相奇特可愛，多數人都叫不出名稱的小動物——狐獴。與狐獴的相遇是那麼的不可思議，在一片漠土上近距離的觀察紀錄著狐獴的一舉一動，對在台灣土生土長的我而言，這一切都如夢般不切實際。

要說起與狐獴的相遇，必須提到在那之前的我，我的日子、我的生活、我的人生。

我有個不被祝福的成長故事，自幼便與母親關係疏離，好似生命中缺少了什麼，成長過程是孤寂的，《甜蜜的家庭》歌詞是這樣唱著的：

我的家庭真可愛
整潔美滿又安康
兄弟姊妹很和氣
父母都慈祥……

但是歌詞裡傳遞出來的溫暖幸福是什麼樣的，我不懂也無法理解。「愛」是什麼？「家」是什麼？小小的腦袋裡充斥著許多問號。

我的誕生不像一般人那樣倍受期待。母親來自日本的富裕家庭，卻意外嫁給長相英俊，但生活背景與環境落差極大的父親。定居台灣後，得面對生活及經濟上的種種壓力，生下我姊姊後就已經萬般辛苦，這時我跟著來到這世界，逼得她不知所措，只好選擇忽視我。父親是個沉默的人，他能做的就是盡可能將我送到鄉下奶奶身邊。因此，從小我就得比一般孩子獨立，上小學後，常看著同學的父母來接送同學，我也常幻想，有沒有那麼一天，我的爸媽也會出現在校門口等我、迎接我，但總在人潮都散去後，發現我仍是一個人孤單地站在校門口。

也許是這份缺憾，讓我特別喜歡不會說話，但情感最眞摯熱切的小動物們，尤其是流浪動物，就好像我能體會到他們的無助，也好像他們能感受到我的孤單。每回看到流浪狗在街頭或雨中努力覓食或找地方躲的模樣，無形中成了鼓舞我的力量，我告訴自己：「即使是一個人，也不能輕易倒下，要努力不懈，堅持奮鬥！」

這般自我督促，讓我在貧困的環境中努力站穩，一路爲生活打拚，單純地以爲或許有一天當我賺到很多錢或變成有勢力的人，就能脫離貧窮，解決家裡所有問題，還能修復（收買）與家人的關係。出社會後我不斷朝這個目標前進，二十四歲就創業，日夜加班，短短七八年，就累積了令人稱羨的財富、權勢與人脈。即便事業有成，卻因爲不斷忙碌於工作，跟家人只剩金錢供需的關係，反倒更加疏離。三十歲出頭的我已經站上事業的巔峰，但沒有家和愛，內心只有空洞、茫然和孤單，也只能更牢地抓住事業，那是我所有的價值了！

偏偏命運的捉弄從不罷休，二〇〇六年，工作上最重要的客戶總經理，轉往中國發展，連帶我的事業也面臨了瓶頸，我唯一的倚靠——事業，頓時間起了變化，我的重心、價值消失了！接著身體也出了狀況，當初婚姻只是一段玩笑，只能草草結束。成爲單親媽媽後，壓力接踵而來，這一切都讓我對人生感到非常失望，像進入了綿延無盡的黑暗隧道，看不見出口，看不到任何希望。

走到這裡，我忘了當初是爲了讓原生家庭脫離貧困而奮鬥，忘了是爲了改善家人關係才努力的。當我愈成功，愈感到驕傲自滿，心想父親與母親都看走眼了，我才是家裡成就最高的那個孩子，這堵牆愈築愈高，家人在我眼中竟成了累贅與包袱，好像錢才是唯一與他們繫在一起的東西，當我從至高處墜落，才發現恐怕要失去的不只是錢、名利、健康……我內心的問號更多了！

曾經攀上顚峰、習慣虛榮過活的我，要怎麼再次將身段放軟，蹲伏下來從原點再出發呢？習慣了享受物質的豐碩、人脈的優勢、名牌的妝點，脫不下在人前受到的肯定與尊重，因爲那些是掩飾自卑最好的外衣。壓力終於讓我喘不過氣，一心想要抓回已經擁有的，不願失去、被淘汰，更不能被忽視。焦慮與恐懼隨之襲擊而來。

過去的努力是為了什麼呢？
我……現在該為什麼而活呢？

漸漸地，我需要服用安眠藥才能入睡，而且用量愈來愈大。即便我仍努力在白天保持光鮮亮麗的一面，試圖欺騙自己和別人，我過得很好。但是內心負面想法開始一一浮現，我失去生存的動力，對周遭與眼前的事物都充滿質疑，憂鬱開始侵蝕著我的心。或許該像煙火一樣，在最燦爛美麗的那一刻墜落，人在生命顛峰時刻殞落，似乎更容易被深刻記住，這些念頭成了最淒美的謊言。然而，當時女兒才兩、三歲大，夜裡常常看著她稚嫩的臉龐，我告訴自己，一定得想辦法振作起來。

果眞，只要不放棄，就會出現翻轉的契機。在我人生最低迷、無能爲力、無處求助的時候，狐獴小巧可愛的身影出現在我眼前，居然讓頑石般的我，產生了前所未有的感動。狐獴彷彿將我從一片灰暗中拯救出來，我毅然決定親身踏上非洲，近距離拜訪狐獴。至此才明白，原來真的有一位神，愛我的上帝，默默引導著我走向祂美麗的計畫。

還記得，一直到我出發前夕，身邊依然無人認同我冒然前往非洲的決定。因爲我曾被診斷出長有腦下垂體腺瘤，出發前一年，又經歷全身免疫系統失調，還有原田氏症誘發了近半年的失明。唯獨教會的一位傳道人王玉卉，她鼓勵我說：「好好的去吧！這如果是你的感動及心願，上帝不會這樣小氣不成全的。既然決定了，就去做吧！我會爲妳禱告的。」就這樣，一直遭受反對、質疑的我，豁然開朗決定出發，感謝上帝在這時刻安排了我與狐獴的相遇。

我眞的要到沙漠去了，至今回想起來，好似一場夢。而且，本來以爲這是人生中唯一一次的狐獴冒險旅程，沒想到爾後居然變成每年的例行「探親」之旅。仔細一數，至今，進進出出沙漠已經五趟了，還因此被媒體封了一個連自己都感到驚喜的稱號——「狐獴媽媽」！人生果眞處處充滿驚喜。

與狐獴的相遇是上天賜予的禮物。

目錄

第一章、狐獴哥哥的奮力搶救

開啟我跟狐獴的奇緣，是一個平凡的下午，我如往常上網搜尋獅子的影片，順便點閱了一則標題為「解救小寶寶」的影片，才發現了以往從沒見過的小動物。畫面上，這群可愛的動物正低頭扒著土，大夥兒忙著拚命挖找東西吃。突然，天空出現一隻老鷹，銳利的鷹眼，馬上盯上這群動物中最弱小的一個寶寶，鎖定目標後露出牠鋒利的鷹爪，急速俯衝而下。在這懸命時刻，警告聲劃破天際，瞬間群起奔逃，大家能逃的逃，能躲的躲，忙不迭地紛紛鑽進洞穴裡，但是那隻被盯上的小寶寶落單了，呆愣地在原地呼聲吶喊求救，周遭空曠，毫無遮蔽物能躲藏！眼看一切要來不及了！他的生命將結束在這一刻，正當我驚恐地看著，以為要目睹小寶寶葬送在鷹爪之下了，這時，另一隻大一點的哥哥，毫不猶豫地隨即折返，卯足全力衝向小寶寶，在這關鍵的一刻與老鷹競速，搶在鷹爪抓走小寶寶前，一口將小寶寶叼起，狂奔到最近的洞穴鑽進去。

這一段大自然界中最普通不過的獵食與逃命的影片，卻令我為之震撼與驚訝！心裡的感動無以言喻。心想：

這是什麼？是什麼樣的力量，讓那個哥哥不顧一切，冒著生命危險搶救另一個幼小的生命？牠很有可能也會因此犧牲生命啊！到底是為什麼？

我的眼淚止不住地流下，如此不加遲疑、奮不顧身的愛，讓我好生羨慕！因為在我的生命之中，至今從未感受過如此強烈炙熱的愛。

這使我對他們產生了莫大的興趣，想進一步、想知道更多關於他們的事，他們便是——狐獴。

從那之後，我每天上網搜尋看狐獴的影片，對我而言，狐獴的影片就像水一

身軀嬌小可愛的狐獴。

樣重要，是不可或缺的生命元素。除了大量閱覽狐獴的影片，也開始大量閱讀和查找資料，參加各大國際間的論壇，和同好或相關人士討論著最愛的狐獴。

狐獴，或稱作貓鼬。是一群生長在南非喀拉哈里沙漠灌木叢間，超級迷你的哺乳動物。平日以家庭為單位群居。別看他們在鏡頭前看起來很大一隻，其實身形非常小喔！成年狐獴，平均只有約莫二十五到三十公分高，大一點的也不會超過三十五公分，就像便利商店裡約六百毫升的寶特瓶再高一些，體重平均只有六到七百克。小狐獴就更小了，只有約五到七公分高，體重約六十到八十公克重，比我們常看見的寵物鼠，還要迷你。但即使體型這麼小，卻有不成比例的勇氣，讓我對這群動物敬佩不已。隨著了解得更深，更加喜愛他們。這是一個，非常特殊的連結，狐獴彷彿有一種魔力，再再地吸引著我，而當時我還沒法抽絲剝繭，說不出自己為何會瘋狂地愛上他們。我深信是上帝，藉著狐獴要帶領我這顆頑石，開始學習體會愛、尋找愛的新起點。

二〇〇七年，電視播出《狐獴大宅門》[1]，一則又一則真實的記錄影片，都讓我感到不可思議。不同於其他的動物紀錄影片，全劇皆以擬人化的手法配音播出，明明是動物生活的紀實故事，卻剪輯得就像是在觀看人類演出的電視劇。狐獴的生活就跟人類一樣充滿倫理與情愫，觀察他們的悲歡離合、生老病死。我漸漸發現，他們是一群比人更具真性情的小動物。家庭的結構和分工非常縝密完整，一家大小每天都有一個神奇的輪班表，各盡其職，才能一起在險惡的沙漠中生存。

狐獴爸爸通常擔任衛兵長，負責守護一家安全，並訓練哥哥姊姊們，一起擔任家庭的警衛；狐獴媽媽負責發號司令，管理一家大小的生活起居；兄弟姊妹間也都會互相補位幫忙。年紀大的主動教育小的，輪流擔任小狐獴的保鑣、保母、

1 《狐獴大宅門》：首播於二〇〇七年動物星球頻道的實境紀錄節目，將狐獴的棲息生態、家族生活、成長過程與彼此的互動如實呈現。

餵食員、訓練師，並分擔家族清道夫等工作。他們的自律和團結，令人讚嘆！狐獴一家就這樣度過四季更迭，在嚴峻的環境中日復一日地穿越，即使覓食常常沒有收穫，但仍努力地追尋著生命的出路。這般意志，讓當時失意的我燃起了鬥志。

在認識狐獴之前，我對爸爸和媽媽的角色，不甚明白也感到陌生，所以一直以為：「愛，是需要努力再努力地表現，直到被看見，獲得讚美和肯定後才可以擁有的情感。」但是狐獴讓我對愛產生了不同的見解，也為此受到鼓舞，內心油然而生一股衝動，想要親自到狐獴生活的沙漠觀察他們的一舉一動。也希望能藉此為停滯不前的人生階段，尋找新的出口。

由於少年得志，脫離貧困生活的我，已習慣了富裕的環境，習慣了便捷的日常，出國要搭商務艙，只住五星級以上的飯店。但一夕間事業突然碰壁面臨瓶頸，放不下身段的我，難以從基礎重新往上攀爬，心靈的關卡始終過不去，不願再次回到那一無所有的自己。但加入狐獴的論壇後，心想既然現階段無法脫胎換骨，那乾脆到狐獴的世界轉換心境吧！至少，那裡沒人認識我，沒有身段、沒有包袱，我不必再故做堅強，勉強地撐住。

於是從二〇〇九年，我開始著手寫信給非洲喀拉哈里沙漠狐獴研究計畫的負責機構，天真地以為申請為期一年的志願義工，便可以前往非洲狐獴棲息地保護區。申請內容提及我對狐獴的喜愛，相信這份熱愛可以戰勝險峻的環境，請他們一定要錄取我。不過，不管我寫得多麼慷慨激昂，連續三次的申請，得到的回覆從來沒有改變過：「NO! You are not qualified.」（不行，你資格不符）。因為研究機構認為專業知識不足的人，不適合成為照顧狐獴的義工。

但是我沒有輕易地就此放棄，一而再，再而三，不肯罷休的申請，增加了我與沙漠研究團隊的接觸，終於皇天不負苦心人，二〇一一年，研究團隊來了一封信，信裡提到狐獴之友的拜訪機會，我不加思索，馬上答應參加，就這樣我的首

次沙漠旅程，即將展開。

當我告訴家人、孩子、好友們，我即將要出發前往遙遠偏僻的非洲沙漠去觀察野生狐獴時，他們問的問題都差不多。

「非洲？會不會很危險啊？」女兒疑惑地問我。

我說：「不是很多人都在非洲生活嗎？應該還好啦！不要擔心！」

「你，不要亂搞啊！」父母則第一次聽到時顯得格外焦慮，一直勸我：「有事情不好好做，跑去那裡幹嘛？」

對啊，我跑去那裡幹嘛？但是我心想：「已經沒路了，說不定到那裡會重生呢！」

甚至有些很愛我的基督徒朋友們都齊聲問：「那裡能傳福音嗎？妳身體這麼差，值得為了看動物冒險嗎？」或是「幹嘛不參加旅行團，跑去這麼落後的地方

非洲狐獴之友參訪計畫

1. 可能會遭遇毒蛇或毒蠍的攻擊……
2. 危急時，無法保證在二十四小時內到達大型醫療機構……
3. 每天要自己背裝備在沙漠步行約八小時……
4. 食物皆是就地取材……
5. ………………
6. ………………
7. ………………

啊？」但是我心裡有一股說不出的堅定，想完成這個夢想！

說實話，我也不清楚是哪來的一股念頭與衝勁，如此熱切地想要飛到可愛的狐獴身邊。

唯一一次因為感受到此趟旅程的風險而遲疑，是在研究機構提供了一份需要簽署的同意書和準備事項的時候。

另外他們還附上了建議施打的預防針清單。

我過往出國旅遊的選擇只有到日本或歐美逛街購物，當看到文件羅列出許多在台灣生活難以想像的情況，不免感到些許猶疑與害怕。但也因為無法想像，只隱約覺得：**啊！好像有點危險**。但也僅止於此而已，也不知危險的程度，一心只想甩開低潮邁入人生的另一個階段，這些提醒與告誡都不足以打消我的決心，就放手一搏吧！隔幾天簽好所有文件資料，沒有去多想、去預估，或設想該如何因應那些風險，只是興奮地期待著。因為……

這將可能是我人生唯一一次深入沙漠探訪狐獴的大冒險。

準備踏上非洲沙漠探險嚕！

第二章、初訪喀拉哈里沙漠

二〇一一年，我的雙腳終於踏上沙漠了！

所有建議施打的預防針，需要好幾個月的時間才能完成。我開始按時到忠孝醫院許良豪醫師的家醫科門診自費打針，一些特殊的針劑再到醫學中心補打。我沒有細算總共打了多少針，但一定超過十針，花了好幾個月才一一施打完畢。除了預防針，也上網搜尋聯繫曾經到過當地的研究人員或志工，向他們討教該準備些什麼。

我問莫妮卡（Monica），一位曾經去過沙漠的美國核能專家：「看簽署文件寫得好可怕，我很怕蟲該怎麼辦啊？」

莫妮卡大方地表示：「其實沒有那麼可怕，一切都是機率問題，謹慎小心，遵守規矩就好！」她非常有愛心地送了一件美國才買得到的防蟲外衣給我，還把所有應該帶的東西列出來，讓我感動莫名！

我也寫信問了曾經待在那裡的德國研究員珍妮特（Jeanette）：「嗨，我是麗莎（Lisa）[2]！我有點懼高，不知當地要爬的圍籬有多高啊？吃的東西會不會很可怕？一天要走八小時路，我很少運動，我真的有辦法完成嗎？」我寫了封超長的信，把一切問題都問了。珍妮特是個幽默又熱情的獅子救援專家，她說：「首先呢，先尖叫吧！因為你快要看到狐獴啦！至於妳問的所有問題，都不會是問題，因為當妳真的見著狐獴，妳就會忘了這一切，只想好好跟著他們一整天……因為實在太可愛溫暖啦！相信我，妳一定可以完成的！」帶著這兩位未曾謀面，卻已經相當熟稔的朋友的祝福，我放心不少！

依著得到的寶貴建議開始打包行李，國外叢林專用防蟲噴劑、還有莫妮卡送的防蟲衣，再來是一雙本土品牌的登山鞋、簡單的衣物、訂機票，我的行前準備就這樣完成了！喔！當然還有帶上相機，是一台傻瓜單眼相機，還有租來的長鏡頭，準備好好紀錄這一趟的美麗交會。

離狐獴居住的喀拉哈里沙漠最近的小鎮，是普平頓（Upington），那是南非南部的迷你城市。必須到香港轉機到約翰尼斯堡，再由約翰尼斯堡轉搭一天只有兩班的小型噴射機（Air Jet）才會到達，那也是指定的集合地點。預計與研究員及其他「狐獴之友」會合後，再搭乘四到六小時的「研究員專車」——超過二十年，老舊沒有冷氣，還有可能隨時爆胎的四輪傳動車。這台車，要載我們穿越沙漠碎石道路，才能抵達狐獴研究基地。為了證明自己反璞歸真的決心，買了最便宜的機票，從台北出發到抵達需要整整三十多個小時。

原本以為路程如此奔波辛苦，抵達之後會感到很疲累。沒想到心情是隨著愈

2 作者溫芳玲的英文暱稱。

接近目的地，愈是感到興奮難耐。在普平頓與研究員及其他各國狐獴之友會合後，研究員喬（Joe）帶我們到附近唯一的蔬果超市，先採買好兩個多星期可能需要的食材，接著準備前往與世隔絕的沙漠。那裡，沒有任何文明世界的便利，沒有通訊設施，沒有便利商店，無法為了買東西，再次往返十小時左右的車程。我因為沒有經驗，只單純猜想沙漠很熱，買了約三天庫存量的礦泉水，就跟著大家坐上車出發了。

在車上，大家已經迫不及待地攀談起來，你一句我一語的，對車外的一切都感到好奇。雖然車程顛簸，引擎、輪胎的噪音很大，後面還加裝承載著大家行李和食物的拖車，喀隆喀隆的響聲，幾乎掩蓋住大家說話的聲音，讓我們不得不提高音量才聽得到彼此。但這些都不是問題，大家的興致一點都沒有被破壞。

這次的狐獴之友參訪一共有五個人，再加上研究員，共六個，就這樣抵達沙漠研究基地時，已經入夜了。由於沙漠沒有路燈，太陽一下山，就是漆黑一片了。幫忙卸下採買的東西後，我們以抽鑰匙的方式決定五間宿舍的分配，有的離廁所近一點，有些則比較遠，抽完後大家各自按鑰匙上的名稱，自行將行李抬進「房間」。

但是要將行李送到房間真不是件簡單的事，地面全是沙土和碎石子，行李箱的滾輪一點都發揮不了作用，這裡也不是什麼飯店旅館，沒有門僮或腳夫可以幫忙。看著行李箱的我一臉哭喪，想著「天啊！我哪有辦法扛著行李到房間去呢？」細心的喬這時發現我的猶豫，立刻親切地開口問我：「需要幫忙嗎？」我猛點著頭，就這樣他幫我提著大箱子，我提著小箱子，一步步地順利把帶來的東西搬運進房間裡。

房間不大，小小的，是圓形的茅草屋，屋頂是利用當地植物堆疊交織而成，牆壁則是水泥和磚塊砌成的，屋內有一張如同行軍床的迷你小床，還有一個簡便的木製小衣櫥和桌子，門邊也設有一個小型的洗水槽。

簡單至極的設備並沒有讓我很吃驚，倒是屋內的蟲鳴聲大到與戶外根本沒有差別啊！後來研究員跟我說明：「這個『房間』有時一年僅使用一次，自然有很多當地的小蟲、小動物會跑進來，甚至棲息居住。」換言之，這段時間我必須跟這些我也不知道怎麼稱呼的小動物或小昆蟲們，一起同住。但是我沒有自備蚊帳，這下連在屋內建立一個隔離空間都沒有辦法。

即便感到有點擔心，但我仍速速把行李擺好，趕緊出去參與第一晚的「迎新」晚餐，研究員會在今晚跟我們解釋沙漠生活守則，所以絕對不能錯過！儘管為了晚上要跟屋內的蟲子們一起入眠感到毛毛的，但是想到我人現在就在沙漠，從未想過自己會真的踏上這塊土地，腦中勾勒的一個夢已經具體地出現在我眼前，我用力地捏捏自己的臉。

嗯！這真的不是在做夢！實在太有趣了！

我在喀拉哈里沙漠居住的人類洞穴。

前往喀拉哈里沙漠，需先搭機到香港轉機飛到約翰尼斯堡，再搭小型噴射機到離喀拉哈里沙漠最近的普平頓鎮，再坐四到六小時的車。

約翰尼斯堡
普平頓

第三章、非洲過夜初體驗

我出發前有閱讀過研究機構提供的「沙漠生活規範守則」，上面提到食物都是就地取材，感覺會很簡單樸實，加上因為無法預期能否適應當地的飲食習慣，所以在我的行李箱裡，有個祕密的角落塞滿著從台灣帶來的泡麵！有十來包，打算在想念家鄉口味時大快朵頤一番。不過第一天晚上我就發現，這些顧慮真是多餘啊！其實食材挺豐富的，蔬

菜類很多，肉類也大多是當地動物的肉，由附近貧民窟的黑人阿嬤緹娜（Tina）為我們掌廚，她也是附近畜牧場雇用的長工，雖然她聽不太懂英文，但總是親切地微笑著，熱情地招待著我們。

緹娜第一晚為我們烹調的道地非洲晚餐就令人驚艷！嚐嚐那南非特產的炸深海銀魚，我們每人都有大大的一塊可以享用，酥脆的外皮，淋上一種特製的醬料，入口酸酸甜甜的，加上魚肉實在太鮮美多汁，成了我去南非最愛的一道佳餚。每次一回想起來，立時感到飢腸轆轆！好想再吃啊！還有雞肉派及新鮮的蔬果沙拉，這頓晚餐徹底地征服了我這個來自文明世界的都市鄉巴佬。用餐時間，大家輪流自我介紹著。

「嗨，我是蘿拉（Laura），我來自美國，是一位社工！為了這一趟旅程，我預備了好久，真想快點見到我想念的狐獴家族啊！特別是《狐獴大宅門》裡永恆的玫瑰——花花媽的後代！」

「哈囉，我是安吉拉（Angela），來自墨西哥！這幾乎是一個不可能的旅程，靠著兒子們的資助，我終於可以來到這裡跟大家一起看狐獴！到現在都覺得不可思議！我正在喀拉哈里沙漠耶！這是真的嗎？我一定要多拍些照片，給我的孩子們看！」

「哈囉，我是大衛（Dave）。看得出來吧，我是男生。」大家笑了，因為他又高又壯！他繼續說：「我從美國來。最想看見狐獴跟蛇的相遇，因為狐獴的團結戰舞，實在太美啦！」

「哈囉！各位好，我是麗莎（Lisa），因為看了動物星球頻道播出的《狐獴大宅門》，從此無可救藥地愛上狐獴這個非常有愛的動物。一直都有嘗試申請來這裡當志工，可惜我超齡又沒有專業知識。但是謝謝研究機構給我這個機會，讓我美夢成真，能夠跟狐獴之友們一起來參觀，並協助研究員收集狐獴生活資料。真是太興奮啦！」

雖然我們來自迥異的國度與文化背景，但都有著相同的心願，便是一睹崇拜已久的沙漠狐獴大宅的真實面貌。接待我們的研究員喬解釋：「明天會將你們五個人分成兩到三組，由不同的研究人員帶領觀察狐獴家族，每組的行程會有所不同。」

如果一次太多人進入野生狐獴家族的環境，他們會受到驚嚇。因為狐獴是十足敏感的小動物，加上平常研究員是單兵作業，狐獴可不是常常有訪客的啊！因此包括研究員一共不得超過三個人，是進入單一狐獴家族地盤最適宜的人數。此外，他接著說：「每天上午約四點半就要起床，早餐自理，大約五點就要摸黑出門，搭上研究員專車。因為得趕在太陽冒出來之前，到狐獴家族的洞穴通道口，等待他們爬出來，展開一天的覓食之旅。不過中午的時候，因為沙漠氣溫過高，狐獴大多選擇在樹下、枯樹洞或地底洞穴裡乘涼。這段時間，你們就可以回到宿舍，回到『人的洞穴』（Human Burrow）乘涼。」也就是說，我們可以趁中午的這短短兩、三個小時，洗衣服、洗澡、補眠、整理拍攝的照片及影片，或做些自己想做的事。喬繼續說明行程：「然後大約傍晚四點左右，研究員會再次帶領你們繼續追蹤狐獴。這一趟我們要仰賴研究員攜帶的超級大無線電追蹤器，重新找到當家母狐獴的去處，才能跟上他們傍晚之後的覓食行程。直到晚上太陽下山後，狐獴會陸續回到家族洞穴。等我們確認全部的狐獴都返回洞穴內，而且超過十分鐘以上都沒有調皮鬼再跑出來，我們才會全數折返住處。大約會是七點半到八點的時候結束一整天的行程。」

聽完行程上的說明，看來一天平均大約得背著裝備行走八個小時是真的。喬同時也提醒我們這裡沒有路燈，所以太陽下山後等同進入一片黑暗，要我們進出都要記得隨身攜帶手電筒，預備天一黑就拿出來使用。在沙漠的第一頓晚餐，就在一邊享用當地佳餚，一邊聽研究員的解說後，很快地告一段落。

緊接著是震撼教育時間，喬拿出標本，一一向我們解釋可能遇見的毒蠍種類，不得不承認第一次看到真是有點可怕。蠍子種類多，身形有小有大，顏色有黑有黃，螯都很尖銳壯碩，有些會致命。喬把所有毒蠍都介紹了一遍，像是地中海黃蠍跟排名毒性最強的以色列金蠍，又稱殺人蠍，雖然南非沙漠不常見。另外，有些則毒性較弱，像是帝王蠍。喬解釋，不是愈大隻愈毒，他說通常黑色的蠍子毒性比黃色的強，被蠍螯螫了，毒液容易破壞神經系統，會有致命的可能，所以一定要小心。不過，他也補充，緊緊跟著狐獴比較安全，因為狐獴會比我們早發現他們愛的大餐——毒蠍。但是我邊聽還是默默祈禱，**千萬不要遇見任何一種，管他有毒沒毒！**

再來是更可怕的毒蛇種類說明，最常見的是黃金眼鏡蛇及蝰蛇。蝰蛇是比黃金眼鏡蛇更危險的毒蛇，經常盤踞在枯樹根附近，又有類似樹根的保護色，常常以靜制動，冷不防經過就突然攻擊，加上毒牙很長，毒性很強，算是沙漠中最危險的蛇，許多狐獴都命喪他們口中，特別是防禦性低的幼狐獴。黃金眼鏡蛇則顏色分明，第一時間容易被發現，加上遇見人也會拉高脖子，再慢慢撤離，比起蟛蝰比較好預防。雖然毒蛇沒有搭配標本做解說，但光看圖解書，依然著實把我嚇得一愣一愣的。南非沙漠裡的毒蛇或毒蠍……光想到就令人不寒而慄。

聽完沙漠生活守則後，一行人散會各自回到房間裡休息。回房間前我先走去上廁所，廁所是一個與浴室相連的空間，就在宿舍旁邊。因為有點急著上廁所，我衝進廁所後手電筒一開，蟲子滿天飛的景象啪的把我給嚇傻了，成群大大小小的飛蛾紛紛朝燈源飛撲而來，我瞬間驚聲尖叫，趁著還沒昏倒趕緊上完廁所奔回房間。

本來以為是衝回房間避難，但是，我錯了！房間內充斥著奇怪的翅膀拍動聲、蟲鳴聲、動物攀牆聲……等，還有我極度緊張害怕的怦怦心跳聲，加上剛剛的廁所驚魂，深夜裡就算想上廁所也憋著，致使我在床上輾轉難眠，無法安心入睡。

我只好把燈全部熄掉，乖乖聽從研究員的建議：「沒有光，就沒有蟲！」(No lights, No bugs.) 房內變得黑壓壓的，但聲音卻沒有消去，聽著這些聲音，恐懼感一點也沒減少，沒有蚊帳等於大小飛蟲們就在我身邊打轉，甚至感覺到翅膀畫過我臉上，任何聲響或觸感都讓我更繃緊神經，感覺是不是有什麼小動物正在我床邊爬行……**實在太恐怖了！**

這時突然有人敲了我的房門，將我從紊亂不安的恐慌中解救出來。原來是研究員喬，也許是剛剛幫我抬行李到房間時，察覺到我面有難色，他貼心地拆下了自己的蚊帳，問我：「妳需不需要這個？」我當下感動到眼淚都要噴出來了，想不到在台灣區區幾百元的蚊帳，在此刻宛如萬把塊的帳篷般貴重、神聖！喬真是個天使！他火速幫我將蚊帳綁線後，找牆壁勾牢，這下終於可以安然入眠了。喬離去時還不忘叮嚀：「蚊帳只是基本隔離，每天還是要反覆檢查，不要讓毒蠍爬上床了。」無論如何，這下至少我和房內其他的「寄宿者」隔了一層薄薄的蚊帳，可以不用那麼擔心害怕了！

有了蚊帳後，我大膽地起身整備明天需要的攝影器材和背包，我沒有學過攝影，也不懂相機，不過帶了一台單眼傻瓜相機，一個18-55mm的近距變焦鏡頭[3]，額外加租了一個100-400mm的望遠變焦鏡頭[4]，還帶了兩台簡易的ＤＶ錄影機。除了這些東西，還要在背包裡放進備用電池、攜帶型醫藥包、手帕、護膝、零食、空水壺，背起來重量已經很重，所以我多帶了護腰夾，希望明天背著裝備行走時，能減輕一些身體和膝蓋的壓力負擔。之前因為免疫系統失調，長期服用類固醇治療，骨質流失了不少，腰和膝蓋比較容易受傷，希望自己明天撐得住。

我關上燈，躺上窄窄的床，拉下蚊帳。慢慢地，蟲鳴聲漸漸遠離耳邊，原先的恐懼與不安也跟著消逝，相反地，開始感到雀躍，因為再過不久就要啟程去見狐獴了。閉上眼後進入夢鄉，在夢裡我與狐獴相會，相信入睡的我嘴角一定是上揚著，因為這一切都感覺好不真實啊！

---

3 近距變焦鏡頭：18-55mm指的是涵蓋的焦距範圍。這個焦段可靈活地捕捉遠及近的影像。在沙漠可以拍攝大的空景，也可以記錄近距離的狐獴家族群體。增加了近距離要拍攝主體的靈活性，可以清晰捕捉微拍攝的豐富細節。

4 望遠變焦鏡頭：可拍攝遠距離的變焦攝影鏡頭。將較遠的拍攝主題的細節，清楚捕捉下來。特別在狐獴的特寫鏡位上，可以拍出許多柔焦的效果。

使用單眼相機近距離拍攝可愛的狐獴。

身高僅有一個寶特瓶高的狐獴。

第四章、追蹤狐獴的偉大研究員們

感覺才闔眼沒多久，就被一旁的鬧鐘驚醒，這時已經清晨四點半了，台灣那頭是白天十點半。雖然經過昨日的一番折騰，舟車勞頓，但卻沒有因此感到疲倦，只有滿心期待遇見狐獴的興奮愉悅。

四點半起床，眼前烏黑一片。起身下床打開房內唯一的一盞小燈，從水槽那取了一點點水，簡單地洗臉、漱口、刷牙後，背起不久前才準備好的裝備，心想該先到廁所去釋放累積在膀胱的壓力，然後再到廚房裝水和弄點早餐吃。一打開房門，刺骨的寒氣迎面而來。

好冷！怎麼跟剛抵達時的氣溫差這麼多呢？這裡不是沙漠嗎？

原來沙漠的日夜溫差這麼大，恐怕落差有二十幾度以上。糟糕！驚覺自己帶來的衣服恐怕都不夠保暖，我探出門外感受一下這約莫僅有十度左右的氣溫，然後趕緊退回房裡，雖然沒有保暖的衣物，但總該加減再多穿幾件衣服，我再套上雨衣作為防風大衣，總算暖和一點了。

穿戴好護腰夾背起裝備後，我打開手電筒，手電筒光束是黑暗中僅有的一道光，倚靠著光束沿途走到廁所，因為一點都不想在廁所久待，快速上完後直接衝到廚房。這時發現所有人都早已起床用餐了，而我居然是最遲的一個。

我趕緊從冷凍庫抓出一片土司放進烤麵包機，再到洗手槽打開水龍頭裝水。水是在沙漠裡生活非常重要，不可或缺的生命泉源，我將帶來的一大一小的水壺給裝滿，加起來大約是兩千毫升，這水也是歷經千辛萬苦來到這的，必須珍惜著，等適當時機喝才行。

清晨出發將自己包得密不透風，難以想像沙漠日夜溫差是如此的大。

拿出烤好的麵包，抹上奶油，再順手抓了一根放在共用食物櫃裡的香蕉，同行的夥伴蘿拉還貼心地煎了顆蛋給我。就這樣不消幾分鐘解決了在沙漠的第一頓早餐。

今天，我被分配到的家族是「鬍鬚幫」，由喬親自帶隊。他們是《狐獴大宅門》中最有名的家族，也是最令我牽腸掛肚的狐獴家族，鬍鬚幫原本是一個勢力很龐大的家族，在當家母狐獴花花在世時，曾經有高達近六十隻的成員。但是，有一次黃金眼鏡蛇攻擊了家族的洞穴，花花為了搶救在地底下的寶寶，在鑽進洞穴找尋寶寶的過程中，不幸遭毒蛇咬到頭部，雖然救回了寶寶，自己卻意外身亡。花花去世後，女兒火箭狗繼承媽媽的當家職位，但火箭狗卻在不久後，遭產業道路上的行車輾斃，鬍鬚幫家族因而陷入混亂。一下子家族群龍無首，幾乎分裂。

還好當時年約一歲左右，充滿愛心的姊姊艾拉挺身承接母職，成為新的當家母狐獴，繼續帶領整個家族，總算把家給穩住了！而這一年是艾拉當家的第三年，之前從研究報告上細讀艾拉的每件事，讓我格外期待見到她，她在我心裡，是位好媽媽、好姊姊，充滿愛心和勇氣的偶像。

喬一聲令下，大夥兒便上車出發了！車子在沙漠小徑上一路顛簸，這會兒車燈是黑暗中唯一的光源，沙漠的夜晚總是像這樣時時刻刻提醒著我，路燈是何等舉足輕重又美好的存在啊！我們先到二十分鐘車程外的嘉那雷（Ganavlatke）研究基地集合，抵達時天色仍是暗的，嘉那雷基地有近二十位研究員，每個人都在做最後的行前準備，帶著要幫狐獴量體重的磅秤、大型無線電追蹤器、狐獴覓食和行為資料輸入儀器，還有簡單的食物。

我好奇地試著提提看他們的裝備，雙手瞬間感到癱軟無力，那些裝備重量少說都有十多公斤，差不多一個四、五歲小孩的重量，不敢置信全程都得背著這樣的重物在沙漠上步行移動，我看了一下研究團隊的人員，發現研究員中有很多女性，體型看起來都比我還輕盈，但她們居然三兩下就將裝備扛起來，除此之外，還要自己開著破舊的老爺車，出發前要自己加油、檢查輪胎，路途中要追尋狐獴的蹤影、要小心大型野生動物的出沒、還得獨自面對各種有毒動物的攻擊，單憑太陽升起降落的位置辨識方位。於是我明白了，為何我申請不到為期一年的志工機會，沙漠中每一條道路都長得一模一樣，我迷航的可能性非常高；加上必須單槍匹馬上陣，無論體型大小，所有在沙漠中出沒的動物都必須自己隨機應變，那些具有危險的掠食性動物，不是我這個只有在動物園、電視節目上瞧過獅子猛獸的都市人能應付的，何況無任何專業知識背景，是要怎麼清楚明瞭地記錄狐獴家族的生活，將觀察到的一切轉為數據呢？別說這些了，光是要自行修繕老爺車、每天都要提著體重機、各式電子儀器一整天，曾經大病一場的我鐵定無法負荷，當初信誓旦旦地誇揚自己的熱情與對狐獴的愛，果真太天真單純了。

趁著研究員們還在裝備，我像個好奇寶寶在他們身邊打轉閒聊著。

「你是從哪個國家來的啊？」

「為什麼會想來這裡呢？」

「喔～你是研究生啊！來到這裡不會覺得很辛苦嗎？待遇條件好嗎？」

「這麼冷的清晨，你怎麼可以只穿一件短袖背心呢？太強啦！」

原來個個都是來自英國或瑞士的最高學府，生物或動物學相關科系的畢業生或研究生，每個人月薪約只有百元美金，這樣微薄的薪資，還得自掏腰包貼補不足的生活費用。由於這跟我的認知相去太遠，不得不佩服眼前這些年輕的研究員們，為了接近自己喜愛的自然生態環境，為了觀察生命存在的奧妙，如此冒著風險辛苦地工作著。這是華人世界的傳統價值觀難以理解的，遠渡重洋來到偏僻未開發的環境，每日艱辛地工作，獲得的報酬卻沒有因而相應，父母的認同與支持也會是很重要的關鍵。想想看，沙漠環境可不是室內實驗室呢！廣漠無際充滿變數，不僅要耐得住孤單，還要習慣與大自然的一切相依。看著他們，我認輸了，明白自身條件、經驗、資歷不符合，區區的衝動是難以為狐獴研究團隊有所貢獻的。

沒一會兒，我們狐獴之友分成了兩組，我跟蘿拉及大衛一起，要前往鬍鬚幫，他們家族洞穴離研究員基地不遠，在所處環境中相對親人，所以我們一行破例加上研究員喬，共有四位。另一組則由其他研究員帶隊，要前往花花另一個女兒的新家族——艾

與研究員、狐獴之友們一同搭上老爺車。

及鐵克幫。我們這組就直接跟著喬一起摸黑上路嚕！車子駛離研究基地。天，還是黑壓壓一片，氣溫依然一樣低，風呼嘯吹來，冷到骨頭發顫。

第五章、驚喜！與狐獴初次面對面

喬拿出鬍鬚幫家族的狐獴記號對照表（Mark Sheet）發給我們每個人一張，對照表上是今天要拜訪的狐獴家族成員的記號，有號碼、名字、推算的出生年月日、職分、性別，其中有一欄「特別註記」，寫著「曾被驅逐。」、「曾受傷……」等，表上的這些資訊可以讓我們清楚地分辨哪隻是當家母狐獴、哪隻是哥哥、哪隻是

	鬍鬚幫家族
姓名	特別註記
艾拉	配戴電子項圈 ella ella eh eh*
羅莎	曾受傷… …
皮多	… … … … … …
馬迪巴	一位英雄
里絲	喚醒者
… …	… … … … … …

＊美國知名歌手蕾哈娜經典歌曲《雨傘》中的歌詞裡唱到艾拉（ella）。

弟弟、哪隻是我最掛念的狐獴艾拉。

仔細看著每一隻狐獴特有的資料記錄，我的心沸騰著。喬根據前一晚研究員們提供的家族地底洞穴資訊，把車子停靠在產業道路上，接下來我們必須背起裝備下車行走，因為進入狐獴生活範疇，就沒有車子能通行的路了，只能與研究員徒步跟隨狐獴的腳印。加上狐獴身形很小，很容易敏感緊張，聽到車子的聲音會感到恐懼害怕，所以我們只能將車子拋下。

拿起手電筒打開開關，一步一步地走向狐獴家族洞穴口。清晨冷冽的風，吹得灌木叢發出簌簌的響聲，在沙漠，每走一步，腳會像是被沙子絆住般下沉，需要費點力氣抬起來再跨出下一步，因為沙土會產生些微的陷落，我們會踏在沙土或踩在乾枯的小刺槐上，所以每一步都需要稍稍地出力。一行人縱列前進，一個緊挨著一個走，研究員喬則在最前方帶隊。感覺像回到小學生時期，排隊跟著老師外出郊遊，一路上心情雀躍，盡是興奮，滿懷期待！但同時也很守規矩地跟著老師往前走，我們只差沒有把手搭在前一個人的肩膀上。

約莫走了十多分鐘，我們就抵達鬍鬚幫的家族洞穴通道入口了。原來喬是將車子停在一個十分恰當的位置，既不會驚動鬍鬚幫一家，也不會讓我們一行人步行得太遙遠。抵達後我們紛紛卸下身上的裝備，放在洞穴口旁邊的空地上，再把相機背上身，準備好捕捉待會即將出現的任何精彩畫面。

天色依然昏暗，太陽還沒露臉呢！喬趁著這段空檔向我們解釋：

「在沙漠，因為日夜溫差大，在夜間地底深處的洞穴裡，狐獴為了預防失溫，他們是倚靠著彼此的身體堆疊在一起入睡的。所以，他們會等到太陽升起的時候，才會爬出洞穴口。這時候最早爬出洞穴口的那隻狐獴，會先探出頭，感受一下氣溫，如果天氣暖和，或是不會太冷，他才會整個爬出洞穴口，然後他的家人就會陸續一個接著一個，跟著他爬出來。」

喬還說狐獴爬出洞穴後，會先面向太陽，讓身體自然吸收感受太陽的熱能，讓體溫慢慢回暖，甩掉前一晚沙漠夜裡寒冷的低溫。這時大家會互相理毛、擁抱、打招呼，接著會有狐獴開始負責打掃家族洞穴通道，或開始訓練弟妹，或在旁邊追追打打、嬉鬧。一日之初，狐獴以凝聚家人做為開端，是每日早晨的甜蜜家庭時光，聽在耳裡讓我覺得狐獴真的是讓人倍感溫馨的動物。

我發現地上有很多洞穴入口，不曉得他們會從哪個洞口冒出來。

「為什麼有這麼多洞穴口？」我疑惑又好奇地問著。

喬解釋：「狐獴的洞穴通道是挺複雜的，地底洞穴連接地面的通道有時會綿延長達半公里或更遠，而且這些通道在地底下，是可以互相串連的，所以他們有可能從任何一個出口爬出來。」

洞穴通道之所以需要這麼複雜，是因為狐獴要隨時保持避難洞穴入口暢通，好躲避掠食性動物臨時的突發攻擊。所以通往地底洞穴的洞口很多，每一個都是通往家族會面團聚的溫馨小窩。

我們一行人跟著喬跪坐在洞口。但因為沙土裡可能有小毒蠍，肉眼不一定能馬上發現，要跪或坐在沙土上，我這個陌生客始終感到不妥，多了一份顧慮與謹慎。但對長期生活在沙漠的研究員，就沒有這層顧慮了，喬在沙土上或坐或跪，都沒有任何猶疑或做任何防護措施。第一次到訪沙漠的我，凡事都要謹慎，才能避免惹禍或麻煩到別人。

沙漠裡並沒有茂密的樹林與遮蔽物，清晨的風大，捲起沙土吹來，加劇了寒風刺骨的感受，即使戴著手套、帽子和穿上雨衣防風，還是覺得冷。

在寒風中靜靜等待將近半小時後，終於盼到太陽露臉了。沙漠一望無際，沒有邊境，以往只會在電視或生態雜誌上看到的沙漠美景，如今在我眼前完美的立體呈現，無論是視覺、嗅覺、觸覺，這些都超越我的想像，美景如夢似幻。雲層很低，太陽緩緩而升，畫布由一片昏暗開始慢慢染上了橘黃色，在沙漠大地灑出一道金光，非常美麗，充滿希望和溫暖的感受油然而生。

終於，第一隻狐獴，探出頭來了！

「出來了！出來了！」大家屏息期盼的一刻來了，紛紛輕聲顯露內心的興奮之情。第一隻狐獴露出一顆頭，個兒小小的，雙眼稍為觀望一下四周，又躲進了洞穴。隔了一會兒，他爬了出來，抖了抖身上的毛，像是

抖落前一晚的寒氣，直挺挺地站在洞穴口前，面向太陽。

天啊！狐獴怎麼會如此迷你！

狐獴比我想像中的小巧可愛多了，眼前的狐獴擺動他的身軀，一舉一動都跟人類很像，雙眸充滿靈氣，黑咖啡般烏亮的眼球，咕嚕咕嚕的轉動著，邊看邊眨著眼，獨有的深邃眼眶，宛如畫上煙燻眼影妝。微微上揚的嘴角，彷彿在笑著，溫和的表情無所畏懼，沉穩自信地看著四周。尾巴好似他的第三隻腳，垂直落下平放在後，肚子微微突起，雙手自然地垂放在胸前，然後直挺挺地站著，真的非常可愛！

這隻狐獴謹慎地環顧四周，同時也注意到了我們這群觀眾。喬發現他有點緊張，便立刻哼唱起三個單音：「哼哼哼……哼哼哼……」他想傳達給狐獴的意思是：「放心，我們不會攻擊你。」沒過多久，那隻狐獴就也不再搭理我們了，看來喬的哼哼哼安撫歌奏效了！

接著，一隻又一隻睡眼惺忪的狐獴們陸續爬出洞穴，太陽持續緩緩地上升著，大地愈發光亮，黑夜終於完全躲藏起來。有幾隻大狐獴爬出洞穴後，立刻開始挖著家族洞穴通道口的沙土，看來是當天的清道夫。其他狐獴，都筆直地站著，面向著太陽，雙手放在胸前，微微瞇著雙眼，輕輕地將頭傾斜向一邊，微微低著，專心地享受今天的第一道溫暖陽光。

一群狐獴同時做著這個動作，傻呼呼地真是可愛極了，趕緊抓起相機瘋狂地按快門，巴不得將每一隻狐獴都紀錄起來，此時，一隻小狐獴從洞穴口東倒西歪地爬出來，就像貪睡的孩子般一臉睡意，他揉揉眼睛後便跑去找大人，這隻小狐獴，像螃蟹一樣，橫著走，往哥哥身旁靠近，然後一把緊緊地抱著哥哥，哥哥也以雙手懷抱他，此時小狐獴的眼神從害怕轉為撒嬌並且安定，眼睛也跟著睜得大大的。

這就是狐獴的「愛的抱抱」嗎？

小小的擁抱舉動，在我心中產生了很大的漣漪。感動的淚水在眼眶中打轉，這麼自然溫馨的依靠、相擁，叫人怎麼不愛上狐獴呢？

狐獴從擁抱彼此的身軀開始一天的生活，回想庸庸碌碌的人類，早晨起床即匆匆忙忙，大人忙著上班，孩子急著上學，倉促地分離，各自出發。而眼前的小動物，僅有溫和的天性，沒有功利世俗，有的是滿滿的愛與關懷，凝聚愛是他們一日之初的例行事。

這回，太陽更大了，陽光灑在他們身上，橘黃色的光芒穿透狐獴的毛髮，背影閃爍著黃金般的光芒，忽明忽暗地點綴著狐獴的身軀，暖暖的畫面，溫暖了來自遙遠國度的，一位單親媽媽的心。

冥冥之中好似有安排，眼前的景象讓我明白了家與家人的意義，這一趟旅程，勢必還有著更多訊息等待著我。手中的相機此時正以全自動模式，瘋狂地發出喀擦喀擦的快門聲，一個畫面都不願錯過！

鬍鬚幫一家約莫有將近三十隻，這都是艾拉的貢獻，當艾拉母親被毒蛇攻擊身亡，姊姊又遭遇車禍後，鬍鬚幫曾陷入混亂，家族成員也大幅減少至十一隻。在家族最困難的時候，年僅一歲左右的姊姊艾拉，一肩挑起家族的重擔，艾拉，非常有愛心，也能包容其他姊妹，一起留在家族貢獻，不擔心彼此競爭。只是我仔細對照手上的家族記號表，卻遲遲沒有看見艾拉的身影，不禁嘀咕了起來：「奇怪，怎麼都沒有看到艾拉？」放下手中的相機，緊盯著附近已經爬出洞口的所有狐獴，一一比對著記號表，反覆確認，艾拉真的沒有現身啊？

我試著耐心地等待心中最敬佩的艾拉，但是不耐久候，實在忍不住了，就開口問了喬：「艾拉怎麼沒有出現呢？」喬正在一旁忙著幫每隻狐獴秤量體重，一邊抓著狐獴尾巴或用飲水瓶吸引狐獴自動走上體重機，一邊說：「她今天可能睡晚了，因為她懷孕了！」我忍不住驚呼：「哇！真的嗎？天啊！太好了！」這意味著即將有狐獴寶寶要誕生了！想見到艾拉的心更是愈發強烈了。

約莫又等了十分鐘，家族清道夫打掃洞穴出口的任務正進行著，而且有更多的狐獴也開始加入打掃工作了，原本就黃沙遍地的沙漠瞬間塵土飛揚，模糊了鏡頭的視線。其他的狐獴孩子你追我跑地嬉鬧著，一邊練習著打架技巧，另一邊在旁邊互相理毛挑蟲子，或有持續沐浴在陽光溫暖中的狐獴，好不熱鬧。

這樣的場景跟畫面是否就是一家人該有的樣子呢？

一起分工、嬉鬧、互相幫助，雖然我在文明世界看到的多是：大人把玩著手機，孩子則是自個兒把玩著玩具或也是埋首在手機世界裡。我們常忙著透過網路與相隔遙遠的世界聯繫，卻與身旁最親近的家人關係變得更遙遠了。

我看著狐獴，心滿意足地傻笑著，這時艾拉現身了！我看著她，她彷彿意識到我的視線與我對望，四目交接的剎那，我微笑著努力憋住淚水。這一刻，在艾拉充滿慈母溫柔光芒的眼神中，一直奢求母愛和保護的我潰堤了，艾拉的慈祥宛如電流般觸及我全身。她懷孕的週數應該有超過八週了，肚子已經明顯隆起，一看就知道她是個慈母，動作優雅而溫和。

鬍鬚幫，這個讓我牽腸掛肚的大家族，喀拉哈里沙漠的傳奇家庭，看到母親艾拉現身，大狐獴陸續走到同個洞穴口，好幾個姊姊上前為母親理毛，母親磨蹭著每一位姊姊的身體以表慈愛。其他大狐獴則紛紛起身站立，謹慎地眼觀四方，小狐獴們還繼續打鬧著，單純天真地受著大家的保護，一點都不需要擔心。鬍鬚幫一家和樂融融，像這樣在暖陽下的團聚，是我一直以來期盼的，我渴望有一個像艾拉一樣無私的母親，知道一家相親相愛的美好。

成長經驗中的缺憾，使我不明白什麼是家人、什麼是相親相愛。雖然透過朋友介紹信仰上帝後，寇紹恩牧師常對我們說：「上帝無條件愛你，就像爸爸媽媽愛你一樣。」但這句話，對我完全沒有說服力。

直到看到艾拉為鬍鬚幫一家無悔地付出，我才開始理解：媽媽的角色、媽媽和爸爸之間應有的愛、家人手足的關係、兄弟姊妹的意義。眼前狐獴幸福的景象，正回答著我所有的疑惑，一直在尋找的溫暖正在我眼前赤裸裸地上演著。突

艾拉的一舉一動都令人驚豔。

然好想成為鬍鬚幫的一員啊！如果加入這個大家族，就能像小狐獴一樣，可以被艾拉緊緊地擁抱著，享受著無條件的愛，毫不掩飾地被呵護著。

就這樣看著鬍鬚幫一家回想過往，原本開開心心在一旁拍照，霎時間百感交集，許多悲慟的感觸一湧而出，明明來到沙漠感到滿足、快樂，卻也因而對過去的我感到失落，自相矛盾著。

第六章、出發！跟著狐獴一起覓食去

當家母狐獴艾拉看大家清潔的工作做得差不多了，便一聲令下，隨即所有狐獴馬上跟上母親的腳步，一同離開洞穴口，齊步展開今天的覓食之旅，我也趕緊從回憶中甦醒。第一隻狐獴爬出洞穴的時候，約莫是六點四十分，到全家族離開洞穴，已經是七點四十分多了，一個小時算是滿長的狐獴家族時光了，可能是因為媽媽艾拉懷孕，或是鬍鬚幫算是沙漠大幫的關係，步調才不那麼急湊緊張。否則一般狐獴家族，早餐前的暖身與打掃，大概半小時到四十分鐘一定會結束。

研究員喬忙著收拾整理體重機，倒掉體重機上預先鋪好，與狐獴家族領土同氣味的沙子，清乾淨體重機後放進他的背包。我們其他人則忙著收好裝備，簡單地喝幾口水，準備快步跟著狐獴一起移動上路，一起展開狐獴覓食之旅！狐獴們移動的速度其實很迅速，要往哪走？走多遠？都倚靠艾拉的帶領。她不只帶著狐獴一家，還帶領著我們呢！喬拿出無線電記錄儀器，告訴我們：「如果有發現狐獴在進食，記得通知我。要看是哪一隻在進食？他正在吃什麼？是毒蠍、幼蟲，還是其他的。有餵食給其他狐獴的，要觀察是誰餵給誰吃，餵的食物是什麼？然後負責站崗的保鑣，是家族的哪一位？挖洞做避難洞穴的，又是誰呢？」林林總總甚至看到上廁所的狐獴都要通知喬，協助他觀察所有的狐獴行為，他會取樣帶回研究員基地做分析。所以跟著狐獴覓食的旅程，不是單單拍拍照或擺擺姿勢，我們必須對照狐獴家族成員記號表，回報他們的行為狀態，幫忙分擔研究員的工作。

我發現當家公狐獴馬士（MAXX），也就是艾拉的老公，非常的體貼。他靜靜地陪伴在她身邊，艾拉怎麼看都好美麗，她的面容遺傳自母親花花，也跟去世的最佳保母姊姊莫札特很像。莫札特曾經是媽媽花花的最佳左右手，是個大眼美女，當弟弟被毒蛇攻擊後，腳跛了，她亦步亦趨陪伴了整整三天，直到弟弟可以恢復行走。她也是全家族最常放棄覓食權留下來照顧弟妹的姊姊，即使外出覓食，找到食物都先往弟妹嘴裡送，讓我格外心疼！

艾拉一雙水汪汪的大眼睛，又圓又大，五官細緻甜美，簡直是莫札特的翻版，可以說是狐獴界的超級美女了，修長的身形，動作優雅又有氣質，果真是花花的後代，有真傳！

哇！艾拉完全符合我心中最佳母親應有的典範和形象啊！

既有鐵娘子般管理家族的能力，可以率領家族穿越分裂後的種種危機，必須重新尋找並開發家族地盤、保護家族成員、盡力繁衍下一代重重難關和考驗，又是具有溫柔包容力的姊姊，在家族需要新成員時，幫忙妹妹們帶大不是她親生的寶寶。艾拉一邊帶領家族一起覓食，不忘沿路以身體磨蹭家族成員，做氣味記號，確定家族的親密關係。我檢視自己，總是冷淡地與女兒維持一定的距離，不知如何表達對她的愛，更多時候，反而是女兒想辦法逗我開心。

「喬，艾拉的寶寶什麼時候會出生呢？」我開口問喬，期待著能見到艾拉小孩出生的那一刻。

喬說：「直到你們回國前，應該都還見不到艾拉寶寶誕生。」

雖然有些許失落，不過無所謂，鬍鬚幫即將要有新成員加入是一樁喜事，而且壯大家族好爭取豐盛食物的地盤，正是狐獴媽媽的責任之一。九月時節的沙漠有零星的小黃花點綴著，分外襯托出狐獴一家的溫馨，小狐獴偶爾會發出幸福的「咕咕～咕咕～」跟大狐獴或撒嬌或討食。

每隻小狐獴都會緊緊跟隨著一位大哥哥或大姊姊，當大人努力挖掘找食物時，他們則會發出求食聲在旁邊等候著，帶著寶寶們的大哥大姊，即是當天的保母、保鑣兼餵食員、訓練員了。不過，當整個家族一起低頭覓食時，還有以爸爸為首的「警衛們」負責站崗看顧，他們會爬上制高點：枯樹或灌木叢上，然後不停用可以直視太陽的眼睛，注意著天空或地面是否有天敵出現。舉凡天空的猛禽、地面的毒蛇或肉食性動物，甚至是狐獴同類，也是天敵喔！我也不怠惰當天的職責，用鏡頭捕捉艾拉家族裡的每一個角色，有一段時間，艾拉站在長草區[5]的前頭，後面有陽光穿透長草區照向她，美極了！

大美人艾拉。

5 沙漠地區的草叢，有草長得比較高的長草區，也有長得比較低矮的矮草區，以及完全沒有草的沙地。

又是一連串喀擦喀擦的聲音。

喬還在忙著找剛才漏掉還沒量體重的狐獴，好完整地記錄進家族的體重本子裡，藉以觀察每隻狐獴體重的變化。我上前詢問他：「為什麼要測量狐獴的體重啊？」

他解釋：「喔，因為要從他們的體重變化來判斷身體健康的狀況，還有當天是否有吃到東西啊。」他見我想知道更多，所以繼續說明：「狐獴是體質接近零脂肪的動物，他們沒能囤積多餘的能量，所以每天只能努力地攝取當天所需要的營養。為了維持身體基本正常的循環和機能的運作，必須勤奮地覓食，如果一直找不到食物吃，能量不斷消耗，體重就會直線下降。但每天需要做的例行事都沒有少，會對他們的生命造成威脅的。」

也就是說，測得的體重數字象徵著狐獴們的生命力，根據喬的敘述，研究員們會像這樣每天為狐獴測量三次體重。早上起床時量一次，可以藉此判斷經過前一晚寒夜的襲擊，身體熱量減少了多少；吃完早餐之後量第二次，大約是在覓食四小時之後，可以確認他們是否有吃到足夠的食物；再來是晚上回地底洞穴睡覺前量最後一次，才可以了解整個下午的覓食或進食狀況是否順利。經由這些數字，可以知道哪些狐獴是覓食高手、餵食高手或是比較弱勢的狐獴。我原本以為狐獴體重不輕，但大隻的狐獴也不過六七百公克重而已，就算體型再大一點的公狐獴，體重也不會超過一公斤。雖然不知道艾拉肚子裡有幾隻寶寶，但是懷孕前她的體重紀錄是六百八十到七百三十克，現在約莫九百公克，看來增加了不少重量喔！

觀察狐獴覓食的時候，我發現狐獴挖土的速度超級快，跟土撥鼠的速度不相上下，甚至更快呢！這可不像在家族洞穴旁清理洞穴出入口或練習扒土的時候，發現食物時，他們會先用鼻子嗅聞一下沙土，有時候聞一聞就離開轉移陣地，有時候則會馬上開挖。狐獴的鼻子像是雷達般，能精準判斷食物的位置，只要一確

研究員喬幫狐獴們量體重。

站在體重機上的狐獴，模樣可愛極了。

認位置就會立即開挖，而且邊挖邊持續嗅聞著，緊緊追著食物跑，因為狐獴的食物是毒蠍或小幼蟲，毒蠍跟小幼蟲才不會乖乖地待在土裡等著被吃掉，他們也是會在土裡持續地移動。

覓食中的狐獴個個都低著頭，努力地挖呀挖，所以這時候會是狐獴防禦力最弱的時刻，是天敵攻擊的最佳時機，因此家族警衛的責任重大，必須犧牲當天的覓食權，眼觀四方，當發現危險時，要立刻發出警報聲，讓家族趕緊逃往最近的地底洞穴裡躲起來。

通常家族夠大的話，每天會有兩到三個狐獴警衛全天候看守，如果家族數量不多，大家就會主動輪流，一天之內都有機會擔任警衛的工作。鬍鬚幫現在是大家族，所以警衛有四個這麼多，他們的視線時而朝向天上，時而掃視地面。天上會有老鷹或鵰鴞等極具威脅性的動物，地上則會有毒蛇、豺狼，或甚至是狐獴同類。

所以狐獴非得在群體中才能生存，否則覓食時，會很容易遭受攻擊而喪命，唯有與家人相互扶持，才能延續家族香火。

第七章、狐獴的一身本領

成年狐獴覓食的時候會一邊發出叫聲：「呱啊～呱啊～」而且會輪流一個接著一個地發出聲音來。

我好奇地問喬：「成年狐獴接力般地發出叫聲，到底是為了什麼呢？是不是有特別的意義呢？」

「狐獴寶寶發出的聲音是在說他們要吃東西，而成年狐獴發出的聲音則是一種維繫聲（Contact Call），他們

的叫聲會形成一段又一段綿密的提醒，形成一種隱形的保護網。提醒狐獴家族裡的大大小小，不要因為顧著忙找東西吃，而離開了這個安全區域，要是落單了可就危險了。所以這個聲音就像是圈出了一個覓食範圍的區域。」喬耐心地回答著。

而且狐獴身形雖然很小，嘴巴看似沒有張開，但是發出的聲音卻是震天般的響亮，尤其是小隻的狐獴，個頭才幾公分，聲音音頻卻又高又急，我猜想聲音是靠共鳴發出的，非常神奇。

隨著太陽高高升起，氣溫也開始上升。清晨的時候，我把自己包得密不透風，現在只能一件一件地脫下來，塞進幾乎再也放不下任何東西的背包。包包裡面、側邊、可以勾可以掛的地方，我全都用上了，真是將空間利用到極致啦！抬頭一看，太陽光變得好刺眼，眼睛完全無法張開，該是時候戴起太陽眼鏡了，但就算戴起太陽眼鏡，也只能勉強看到一些東西。就連相機拍完照，也無法馬上現場檢視，因為顯示螢幕在太陽光底下是一片黑，什麼也看不見，只能一個勁兒地拍照，拍得好還是不好，就暫時先別管了！這麼強烈的太陽光線，擔當警衛的狐獴竟然還能直視著太陽，仔細地觀察天空動態，眼睛比戴上太陽眼鏡的我還睜得更大更明亮。

「這麼強烈刺眼的光線，為什麼還能那樣不受影響的巡視周遭呢？」我不禁納悶起來。

沒一會兒喬向我解釋：「其實狐獴的眼睛周圍，會有一圈像是畫上煙燻妝的黑色環狀物，這個構造就像是天生的太陽眼鏡，加上眼睛內有薄膜保護，所以就算是直視太陽，眼睛也不會受傷，而且可以看得一清二楚喔！」

所以不管太陽光多大，狐獴的視線都不受影響，實在是太厲害了！

而且家族衛兵們，常常一守衛就必須站立半小時或超過一小時，我們幾個人類早就腿痠了，總想稍微坐下休息，但狐獴警衛似乎怎麼樣都不會腿痠，而玄機就在他們的尾巴中。狐獴尾巴的長度有十七到二十五公分那麼長，往地上一擺，就像是第三隻腳，彷彿隨身攜帶了一張板凳，隨時可以倚靠雙腿與尾巴維持平衡，所以不管站著、半蹲，都不會感到疲累。

而且人類骨頭有兩百零六塊，但是狐獴身高不及我們的五分之一，卻有一百八十五塊骨頭，骨節多，所以他們動作快又靈活。狐獴的神奇之處，真是一個又一個，他們雖然個兒小，卻盡懷絕技呢！相信這一切都是

守衛中的狐獴警衛。

為了能夠在險惡環境中生存的本領。

從狐獴身上我又獲得了一些力量，千萬不要輕易小看任何人，甚至是自己，因為不管身處在哪個環境中，在怎樣的家庭長大，都不會影響與生俱來的求生能力，即便有一些能耐是自己還沒有察覺到的，但是一定要肯定自己，相信自己很強大，就像小狐獴本身也不懂自身擁有多厲害的能力。

想想看，狐獴的身高只比寶特瓶高一些，但卻擁有這些獨有的生存技能，何況人類有著更多先天優勢呢！我相信造物主把我們面對環境需要的種種神奇能力，早已偷偷放進我們身體裡了。

除此之外，狐獴教人最為動容的一點，是他們家族之間的愛。大隻的狐獴在大太陽底下，辛勤扒著土，平均要開挖十到十五次才找得到小小的食物。小小的身軀也只能容得下一餐的量，沒能為了儲存能量而多吃，所以如果找不到食物就必須忍受飢餓，但為了整個家族，擔任餵食工作的大狐獴為了餵飽弟弟妹妹們，都會優先把找到的食物往小狐獴的嘴裡送。而幼狐獴一吃到大狐獴送上的食物，會發出「呀呀呀呀」的聲音，好像在說著：「好吃、好吃，真好吃啊！謝謝啦！」我邊瞧他們開心吃東西的模樣邊想像著，不自覺地笑開懷。

「狐獴一家，都非常服從呢！不管當天媽媽分配的任務是什麼，都會盡力去配合去完成。」喬一邊觀察做記錄，一邊說著。

「是啊！他們真的好偉大，完全不計較。」聽到喬的解釋，我回答著。在狐獴的身上，我感受到愛是先付出，而不是一味地掠奪，每個成員都盡本分，也享受家人間的愛和保護。只是，這個充滿家族愛的輪職排班表，至今仍是科學家們還無法解開的祕密。為何每隻狐獴會知道今天我的任務和角色是什麼？而且還會如此聽命的盡忠職守？如此自律，如此願意讓步犧牲，並大方地給予付出，人類真的自嘆不如啊！

狐獴的一身本領

狐獴小小一隻，但是有一百八十五塊骨頭，骨節多，所以動作快又靈活。
像煙燻妝的黑色環狀物，是他們天生的太陽眼鏡，眼睛內有薄膜保護，所以就算是直視太陽，眼睛也不會受傷。
狐獴僅比一個寶特瓶高一些些，但卻有超乎我們想像的神奇能量。
尾巴可以在站立時直立在身後，能夠和雙腳一起支撐狐獴身體的重量，久站也難不倒狐獴。

「會不會是前一天晚上睡覺前他們開過任務抽籤的祕密會議？」我們一行人開玩笑地說著。

「然後還有黑板掛在一旁，將大家的工作分配寫在上面，提醒大家隔天的工作職責是什麼。」

「哈哈哈，對呀，這樣隔天一大早起來就一個一個地乖乖按照被分配到的工作做事……又不是打卡上下班咧！」我們在一旁嬉鬧地說著。

雖然是玩笑話，但也突顯狐獴一家的難能可貴，要不經溝通就具有默契的分工合作，人類是絕對辦不到的！而且狐獴是群居動物，只打團體戰，難怪一家感情特別好，總把家族目標放在個人之前，跟總愛計較個人利益，自私自利的人類不同。狐獴樂於犧牲小我，完成大我，這樣的精神我們都該好好學習呢！

隨著鬍鬚幫一家移動來到長草區，二〇一一年沙漠暴雨多，草長得特別長，長到有七八十公分高，飛蛾和蒼蠅也特別多。當家母狐獴艾拉率先爬上附近高樹上，即便她懷有身孕，依然一馬當先擔起警衛的職責坐在枝頭上，因為長草區是危險的區域，狐獴長得比草矮小得太多了，進入草叢後他們幾乎看不見彼此，只能靠聲音連繫，更令人提心吊膽的是，小狐獴太小，辨別方向和聲音的能力沒有成年狐獴完備，加上穿越草叢時，任何風吹草動的嘎嘎聲響都會干擾小狐獴的辨識力，萬一不小心走出家族的安全範圍，生存機率就等於零，不是活活餓死，就是會淪為掠食動物的小點心。

難怪艾拉要親自攀上樹枝坐鎮，好好顧好一家的安全，發出正確的命令，確保家族一起穿越這一塊危險區域。這讓我對她是更加疼愛與崇拜，一個已經大腹便便的懷孕婦人，還可以在這樣的情況下，不顧一切為家人效力，孩子們的安全最要緊，真是偉大母親的好典範啊！看著艾拉和緊緊跟著她的老公一同坐鎮於枯樹上，我又想哭了！這畫面是理想中的爸爸媽媽，爸爸媽媽最美好慈愛的畫面，我在艾拉跟她的老公身上看見了！在沙漠，我的淚腺真是變得特別發達，因為每一幕都是如此美麗又真實。

狐獴一家真的好可愛，比幼稚園小朋友還來得聽話乖巧，大狐獴會領著小狐獴穿越草叢，一個接著一個，好像在排隊，不敢脫離隊伍或離大狐獴太遠。偶而，小狐獴會不小心掉進塌陷的洞裡，或被太長的草卡住，在草與草的縫隙中動彈不得，哥哥姊姊們總會在聽到小小狐獴求救聲的第一時間，便立即回頭叼起小寶貝們，或

艾拉親自攀上樹枝坐鎮守衛。

是用尖尖的嘴巴，從後面頂著弟弟妹妹們的後背，好推動他們的身軀脫困。這個區域，不管是拍照或錄影都太困難了，因為根本對不到焦，只好安分地跟著狐獴的聲音走。

「別看他們這樣，這些層層的守衛並非萬無一失，有太多寶貴的小狐獴都會在這個時候不見。」聽到喬這麼說我感到很驚訝，因為不僅有狐獴媽媽在高處眼觀四方，還有狐獴的哥哥姊姊小心翼翼地領著狐獴寶寶前進，如此緊密貼心的保護，為何還是會弄不見呢？就在我充滿疑惑想要詢問喬的時候……

「啊——我的天！」

身後突然傳來尖叫聲，回頭一看，蘿拉消失了！原來是她的腿掉入一個塌陷的洞裡，是個約莫五十公分深的洞穴。

「沒事吧？有受傷嗎？」喬趕緊衝過去將她拉起來。

「天啊！嚇死我了，這裡怎麼會有洞？」蘿拉一臉驚魂未定地說著。

在刺槐間守衛大家的狐獴。

於是我懂了，如果連人都會跌進去，那身高只有五到七公分的小狐獴，萬一掉進去，等同陷入無底洞，肯定活不了了。沙漠的陷阱處處都有，看似平坦穩固卻變化莫測，實際踩踏上去才知道它的危險性，還好，剛剛掉入洞裡的蘿拉只有輕微擦傷，腳裸雖然有點拐到，但她說沒問題，要繼續跟著狐獴前進，跟著鬍鬚幫覓食大隊往前探險去。

跟著鬍鬚幫覓食的旅程已經超過四小時了，太陽已經來到最頂端的位置。氣溫應該有近四十度了吧，加上太陽熱能從沙土反射出來，我們個個都汗流浹背了。艾拉帶領鬍鬚幫穿越最危險的長草區後，來到了沙漠難得一見的大樹底下，立刻集合所有家族成員，看來今天中午艾拉打算讓大家稍微在此休息。一到樹蔭底下，有很多狐獴立刻趴下來，讓胸膛貼近泥土散熱。有些年紀輕一點的，則在旁邊開心地打鬧起來。慈母艾拉，不一會兒也加入孩子們的遊戲戰局裡，這時我又再度被眼前的畫面給震懾住了，原來媽媽跟孩子們，也能有如此零距離，好玩且幼稚的互動，真是太可愛了！內心好似冒出許多小少女，像看到男神偶像般不停激動地尖叫著。

「從離開洞穴開始覓食，到現在已經超過四小時了，差不多該來進行中午的體重測量任務了。」喬看著高掛在天上的太陽說著。他拿出體重機，挖了一些沙土鋪在上面，開始引誘一隻又一隻的狐獴走到體重機上。這是今天第二次量體重，紀錄表上的名稱叫做午間體重（Noon Weight），這次的紀錄可以確定從早上出發到現在，覓食之旅是否順利，只要跟剛起床時的體重比對，就能知道答案了。還好，幾乎所有大狐獴都增加了十到二十公克，小狐獴也增加了五到十公克，看來四小時以來大家的收穫都還不錯呢！量完體重，狐獴一家繼續躲避中午炙熱的陽光，享受著偷閒的家庭時光。而我們也要暫時告別他們，回到我們的「洞穴」躲避酷熱的太陽，等氣溫不那麼熱，太陽不那麼毒辣的時候，再繼續追上鬍鬚幫家族繼續觀察。離開前我輕聲地跟艾拉說了聲：「再見，等等我喔！」其實只是短暫的告別，但我仍有點不捨，一行人走回車子停靠的地方，然後回到房間暫時避一下暑、吃午餐、洗衣服，或是洗澡。還有一件要事，那就是整理今天早上所有拍下的照片！

第八章、學習狐獴的農家步調

我們下榻的房間，其實是研究員們的單人宿舍，算是沙漠中的高級住宅了。為了款待我們這些都市來的「嬌客」，把沙漠相對比較安全的居住空間給了我們，這裡四周都有鐵絲網，好攔阻夜間誤闖的大型野生動物，但是毒蛇或毒蠍，就無法提防了，只能自己保有「狐獴警衛」的警覺性，隨時留意。

我卸下行囊後泡了泡麵，簡單快速地解決了午餐，迫不及待地把相機接上筆電，一邊備份一邊欣賞著早上拍攝的照片和影片，傻笑地看著螢幕上的鬍鬚幫家族，感覺還是有點不真實。今天清晨在大自然的奏鳴曲中醒來，摸黑出門，跟著一隻隻的狐獴看著太陽升起，看著沙漠曠野的千變萬化，一切都如此美好又平靜。在這裡沒有通訊，沒有雜訊，不用滑手機、不必急著回覆什麼訊息，也少了效率掛帥的要事。時間突然多了很多，不需要緊張、不需要焦慮、不需要感到害怕了，只需要跟著大自然的氣息，日出而作，日落而息。

狐獴的生活作息和農夫接近，而我來到這裡學習跟狐獴一樣，單純享受靜謐的生活。狐獴不存糧，所以不需要糧倉，也不需要銀行存錢養老，就連身體也幾乎不能儲存多餘的脂肪。就跟農夫一樣靠天吃飯的他們，如此充滿生命鬥志，勤勞地開拓生機。將照片複製到筆電時，我不斷地思考，在文明富足的都市生活慣了，凡事都匆匆忙忙，到底有多久沒有好好靜下來跟自己對話了？想不起來上次有這樣的機會，是什麼時候了？應該已經是很久很久前的小時候吧！我們小時候都跟狐獴一樣，無憂無慮，能為一件小事就開心很久，常常一笑就停不住。為何長大後，擁有得愈多，思想就愈複雜，情緒也愈多，慢慢地忘了單純的美好、簡單的快樂，不免感慨。

溫芳玲，妳到底在追求什麼？

曾經擁有人人稱羨的成功，可說是時下最為人樂道的「人生勝利組」，為何心裡卻總是憂鬱不安？沒有真實的安息及快樂。我想繼續從狐獴身上找出答案。照片儲存完畢後，眼皮有點沉，感到有點睏。清晨起床後又步行了四、五個小時到現在都沒休息，難怪會覺得疲憊，拉開蚊帳，躺平後一下子就昏睡了。直到一陣敲門聲，叩叩叩，叩叩叩，「哈囉！麗莎，十分鐘後出門喔！」喬的聲音讓我驚醒，已經下午三點多了！在台灣從未如此熟睡過，我匆匆忙忙背起包包、繫上護腰夾、補充水壺裡的水，出發前上了洗手間，與喬和其他人會合後，我們一行人再次上路了。

只是剛剛中午我們離開的時候，鬍鬚幫一家在大樹蔭下休息打滾，難道他們會乖乖地留在那等待我們回去找他們嗎？

喬在車上時解釋：「通常狐獴家族有一個人會繫上追蹤用的無線電項圈，就是當家母狐獴。如果當家母狐獴無法繫上，才會考慮當家公狐獴或最老的大哥哥及大姊姊。因為當家母狐獴是領導整個家族移動的核心人物，而當家公狐獴或大哥哥大姊姊，都是會緊緊跟隨當家母狐獴，在家族也占有一席之地的狐獴。」

回想起早上看到艾拉時，她脖子上的確有一個像項圈的東西，只是那個項圈上有個四四方方的東西，原來那就是無線電項圈啊！只要跟狐獴分開後，研究員要再繼續觀察狐獴，只能靠大型無線電追蹤器，找出他們往哪裡去了，才能跟上。

傍晚沙漠還是很熱，因為日間陽光照射在沙土上吸收的熱能，會逐漸釋放，所以雖然氣溫下降了，但還是讓人燥熱。我們走回到中午跟鬍鬚幫分開的大樹蔭，只見喬爬上旁邊分別地界的鐵絲圍籬，拿出大型無線電追蹤器，一會兒豎立一會兒橫擺，利用發出的音頻大小及長短，判斷要走的方向。很快地喬帶領我們往右前方走，果不其然，我們走了約莫二十分鐘，就看見狐獴了！我第一時間搜尋著艾拉的身影，不費吹灰之力，很快就瞧見她正低著頭，以俐落的速度挖著土。想著她肚子裡有寶寶要長大，我默默祈禱，希望她能找到多一些食物，才能順利生產。傍晚的保鑣，跟白天一樣，還是原來的那幾隻，只是其他家人也會輪流邊覓食邊站立一下，多幾雙眼睛謹慎地看一下四周有無危險。

我發現他們最愛吃毒蠍和白色的幼蟲，這是狐獴另一項絕技，能吃下具有毒性的食物卻不會中毒，那是因為狐獴體內擁有對毒液免疫的機制，甚至能對抗某些毒蛇的毒液，別看狐獴這樣小小一隻，在獵捕靠近毒蠍時的速度，是毒蠍可能都反應不及的，狐獴能快速地將蠍子尾刺截斷，讓蠍子失去將毒液注射到狐獴血液裡的機會，而蠍子骨頭內殘留的毒液就對狐獴不具殺傷力了。

這一個下午很平靜，等一家人都吃飽後艾拉一聲令下，全家準備打道回府囉！傍晚的沙漠，因為太陽即將下山，氣溫逐漸變得涼爽，首次追逐狐獴的覓食旅程就要進入尾聲了，今天狐獴一家外出超過十個小時，我們人類行走一整天都會倍感疲憊，何況是身軀嬌小的狐獴，還得來來回回勤勞地挖掘著土，而且並非每一次都會有所斬獲，一天下來會經歷無數次的徒勞無功。但是狐獴天性樂觀，白挖了半天沒東西吃也不會感到氣餒，這裡沒有食物，就往另一處繼續開挖，白工做再多次他們也不放棄任何新機會，讓我非常佩服。

跟著他們回到早上出發的洞穴，全家聚集在相同的洞穴口，緊緊地堆疊在一起，小狐獴往中間找縫細探出頭來。這個勾人憐愛的堆疊擁抱畫面，我稱做「狐獴抱」，狐獴抱令人感到好溫暖、好可愛，即便夕陽下的氣溫已經變得有涼意，但我卻因為眼前的萌畫面，感覺被暖暖的空氣包圍著，狐獴這個小動物不斷不斷地讓我震懾，讓我學習到新東西，稱他們為「抱抱獴」也不為過啊！因為好多時刻都會相偎擁抱在一起。難怪研究員喬說，狐獴是觀察過的動物裡，最有家庭觀念又最懂得表達愛的。相對受惠於科技的人類，現在凡事透過手機溝通，各自忙碌，回到家沒有太多時間分享彼此的生活，然後各自回房為明日的生活做準備，而狐獴始終展現出以家庭為優先的生活方式，是我們每個人都該學習深思的。你今天抱抱你的家人了嗎？如果沒有，現在起身到心愛的家人身邊，抱抱他吧！

可惜在現場，喬無暇欣賞鬍鬚幫集體擁抱的溫馨畫面，因為要趕緊為每一隻狐獴量傍晚覓食後的體重，好知道午後的進食狀況。他一邊量體重，狐獴一家邊擁抱、邊為彼此理著毛，這時太陽已幾乎消失了，時間是晚上七點鐘，狐獴開始紛紛回到地底洞穴，艾拉和老公一前一後鑽了進去。

我驚訝於沙漠的夜晚來得如此的慢，夜裡的七點鐘彷彿台灣時間下午三四點那般明亮，我們等到最後一隻狐獴鑽進洞穴，還要在外頭等待超過十分鐘，確定沒有調皮鬼再偷爬出來後才可以離開。此時約莫快八點，沙漠世界的陽光，不只是明暗的分界線，也是溫暖和寒冷的分際，當太陽一消失，黑暗來襲，寒風徐

堆疊在一起的狐獴式擁抱——狐獴抱。

徐，我們打開手電筒，加上外衣，冷暖的變化來得真是迅速。

再次回到我們人類的洞穴，已經約莫八點多，放下身上的重物，準備享用今天的晚餐。因為格外的疲憊，本來胃口大開，但是烹煮的食材是就地取用，有飛羚肉、羚羊肉等，剛剛才在沙漠上看見他們在荒原上奔馳，實在不敢吃下肚，所以只挑了魚肉和蔬果果腹。

或許是因為一整天下來感到非常疲累了，晚餐時間很迅速就結束。我們各自回到房間休息，一進房間我立刻將今天拍攝的東西備份好，檢查一下床鋪周圍有無什麼小動物出沒，迅速鑽進蚊帳裡，熄掉手上的手電筒時已經快十點了。延續聽著跟前晚一樣，房內各種蟲子拍動翅膀的聲音，或爬行或鳴叫發出的聲音，依然感到有點害怕，但因為疲憊感勝過一切，所有不安與恐懼逐漸被疲累淹沒而沉沉睡去。

首次造訪非洲沙漠，就讓我見到朝思暮想的鬍鬚幫家族，當家母狐獴艾拉就和她的母親花花一樣，堅強而優雅，我心滿意足，每晚都是微笑著入睡。後來幾天跟著研究員陸續造訪了艾及鐵克幫、吉兒幫、史達史基幫等狐獴家族，當然也回頭探訪鬍鬚幫很多次。看著狐獴們每日再平凡不過的覓食行程，也看著狐獴大哥大姊的所有貼心舉動。我心裡不禁嘀咕起來：「十六天，會不會太短了呢？我好想能夠繼續留下來陪伴著狐獴們，繼續跟隨著研究員們的腳步，幫忙觀察、記錄……」在這裡單純又原始的生活，使我們變身成人獴，深切感受到他們的快樂與靜默中的大愛，真是不想離開啊！

第九章、烏客貓幫保母蜜糖的奮鬥

曾經以為踏上非洲觀察狐獴的旅程，只是一生僅有一次的大冒險，首次十六天的旅程結束之後，回到家那一天，當媽媽為我開門，我不禁高聲大喊：「媽媽，我回來了！」然後鼓起勇氣，給了媽媽一個熱烈的狐獴抱抱，這是闊別四十二年第一個最真摯的擁抱，雖然當下媽媽推開了我，但一轉身，我看見她正默默擦著眼淚。我何等感謝，第一趟的狐獴之旅，居然是我跟媽媽破冰的開始。當然，我也開始練習，天天給女兒擁抱和親吻！這是多麼神奇的改變啊！

回台後的幾個月，我實在念念不忘沙漠的一切。懷念沙漠阻斷一切通訊的安靜無聲，還有狐獴家族的愛，我常常閉上眼睛依然可以看見他們靈活地在荒漠上跑來跑去，也彷彿依然可以聽到早晨喚醒我的大自然交響曲，蟲鳴鳥叫聲的美麗曲調。還有天天開懷地跟「獴友們」互動，這些感動，讓我遲遲無法回到現實生活中，有時睡著睡著又以為我是身在沙漠，看見狐獴環繞在我身邊。聽見當時我們一同開玩笑的大笑聲，於是心裡浮現，是否該再踏上相同旅程一次呢？

我又寫信去問狐獴研究機構，這個狐獴之友的拜訪行程會繼續辦嗎？他們回信告訴我，這次我們的參與過程非常愉快，應該會續辦。我毫不猶豫，立刻回信告知他們，我還要去！就這樣，隔年居然又回到沙漠！

「艾拉！我們又可以再見了！」

第二次到訪沙漠時，終於遇見網友也是長期獴友的——莫妮卡（Monica）、珍妮特（Jeanette）還有蘇賽特（Suzette）。我們一見面，居然沒有一點陌生感，就開始熱絡地分享這一切，她們至今仍然是我的超級獴友呢！只可惜這一趟旅程，研究員告知那時已經十個月沒有降下大雨。全球暖化的關係，乾旱的威脅愈趨嚴重。第一次到訪時，還見過沙漠上有翠綠的顏色，但之後就再也沒有看過了，氣候變遷造成的生態問題，對野生動物造成的影響已經清楚浮現。鬍鬚幫因此有四個寶寶來不及長大，雖然有保母不離不棄的陪伴，但家人為了找食物，愈跑愈遠，直到幾乎找不到回程的路，於是被拆散了。留守家族洞穴的保母及寶寶們，不知家人在哪裡，只能癡癡地等待，這是唯一可以活下去的辦法。而另一頭，飢腸轆轆的家人，已經為了覓食跑出正常覓食範圍，最後家人分散兩頭，無法再次相遇。

一般來說，狐獴寶寶只能忍餓三天，成年狐獴約莫五天就會瀕臨死亡。飢餓的結果，不是在夜裡失溫，就是活活地餓死。這一趟我們一起經歷了這份極大的悲傷，鬍鬚幫的保母和四隻寶寶，在第四天過後再也沒有爬出洞穴，也沒等到家人回來，她們一起離開了，長眠於洞穴裡。

人類持續倚靠科技，無視大自然的反撲，太熱可以吹冷氣，太冷可以吹暖氣，颳風下雨可以在牢固的水泥建築中躲避，但是自然界中的所有動物，卻只能默默承受乾旱破壞食物鏈的苦果，與愈加劇烈的生態浩劫繼續奮戰著。

離開傷心地之後，隔天我與莫妮卡跟著研究員來到烏克貓幫，保母是八個月大的姊姊蜜糖，她負責留守洞穴，照顧三隻才約三個星期大的寶寶。不過，跟鬍鬚幫一樣，因為大乾旱，覓食實在太困難，這一天，媽媽爸爸帶著一家外出覓食後，竟意外地也沒有再返回洞穴，獨留也還是個孩子的蜜糖照顧三隻超迷你的狐獴寶寶。研究員解釋著：「實在是因為食物難尋，狐獴媽媽為了哺乳，必須找到食物，所以只好帶著家人往更遠的地方開挖，畢竟大人沒有吃飽，根本無法有充足的乳汁去哺育下一代啊！」聽著心好痛啊！這群沙漠小鬥士，真是生存不易。第一晚，保母約在七點半的時候孤單地進入洞穴，今晚只有她和寶寶互相依偎，度過沙漠夜裡的寒冷，我衷心祈禱他們一定要平安熬過，因為掛念著她和小寶寶們，我跟莫妮卡決定隔天繼續觀察烏克貓幫。

翌日一大早，我們發現有天敵毒蛇爬行過洞穴口的痕跡，狐獴寶寶對毒蛇而言，特別是黃金眼鏡蛇，是可口的點心，一口就能吞吃。我們大家緊盯著洞穴口，沒有人開口但都一樣憂慮。心想太陽已經完全現身了，怎麼還遲遲沒見到他們四個爬出洞穴，不禁緊張了起來。約莫二十分鐘後，保母蜜糖首先爬出洞穴口，所有人鬆了一口氣，但是寶寶們呢？我們仔細聆聽洞穴內是否有任何聲響，還好，開始聽到寶寶的求食聲，雖然傳出來的聲音很微弱，但至少可以肯定寶寶是活著的。

保母蜜糖爬出洞穴口後，筆直地站立著，來回轉動眺望著遠處，不遺漏任何角度，眼神滿是殷切的期盼。可惜視線所及沒有任何狐獴的蹤影，我們一行三人也努力幫忙搜尋四周，確實真的沒有動靜，卸下身上的包包，在一旁坐了下來，今天要陪伴蜜糖留守家族洞穴口，這是我們唯一能做的。

蜜糖始終挺直身體，持續專注地眼觀四方，因為沒有家人互相幫忙理毛，臉上出現了幾隻蝨子，身上的毛髮也變得凌亂許多。止不住蝨子的攻擊，她拚命抓身體止癢，我們沒有狐獴的雙尖牙，無法幫她挑蝨或理毛。不一會兒，寶寶們終於出現了，我輕聲數著：「一隻、兩隻、三隻，嘩！太好了，感謝上帝。」他們昨晚與毒蛇共享一個巢穴，但幸運躲過攻擊存活了下來。

爬出洞口的寶寶們，走起路來搖搖晃晃地，有一隻身體一直發抖，應該是餓壞了。他們極力地發出求食聲，呱呱呱的叫個不停，保母蜜糖還未滿一歲，未達性成熟的年紀，沒有乳汁可以餵寶寶們。保母蜜糖坐了下來，寶寶們本能地往她身上鑽，尋找著可以吸吮的地方，可惜，一點食物都沒有。蜜糖熬不過寶寶們的請求，暫時離開洞穴，在附近開挖，努力想找到一點食物。蜜糖挖呀挖的，這裡試試、那裡找找，終於找到一隻白色幼蟲。她迅速叼起食物奔回洞穴口，在嘴裡嚼一嚼，再吐出來，希望能先讓寶寶們止餓，可是寶寶們的牙齒都還沒長好，無

臉上長了幾隻蝨子的蜜糖。

法完整地咀嚼，固體食物對這樣大小的狐獴來說，進食上確實困難。

這一天，蜜糖或坐或站在洞穴口，陪伴著寶寶們。當天空有猛禽出現時，她會將寶寶們推進洞穴口，自己站在洞穴口保護。不過耐不住飢餓，寶寶們又偷偷地爬出來。眼見太陽又要下山了，蜜糖嘗試擴大搜尋的範圍，邊爬邊起身遠眺，家人還是音訊全無。我們都跟著焦慮了起來，因為寶寶才六七十公克重，頂多只能三天不進食，否則會在夜裡失溫發抖死

熬過一夜低溫的狐獴寶寶們與保母蜜糖。

亡。大狐獴也只有六七百公克，至多只能五天不進食，體重會直直落，加上身上的寄生蟲攻擊，恐怕也無法生存。守候在蜜糖身旁一天的我們，三個人幾乎沒有對談，失落地看著蜜糖和寶寶們回到洞穴裡，又得再奮鬥度過一晚了，明天就是關鍵了，家人再不回來，他們恐怕又會是悲劇收場，實在不是我們所能承受的痛。

第三天清晨太陽還沒出來，我們已經在洞穴口等待了，蜜糖首先現身，緊接著三個寶寶步伐不穩地跟著出現。感謝神，他們又熬過一晚了，今天已是最後期限，寶寶們恐怕是無法再撐過一天沒東西吃的日子，唯一的盼望是家人能快快趕回來。

但是這天風很大，三隻寶寶們堆疊窩在一起取暖，蜜糖站在一旁守護著。蜜糖的模樣比昨天更顯狼狽，身上的毛也一球一球的，打結得很嚴重。當她離開洞穴口向外搜尋時，我拿下脖子上的圍巾，走向前替寒冷的寶寶們蓋上，希望能替他們擋風保暖。殊不知當我一蓋住寶寶們，蜜糖立馬火速衝了回來，立刻用嘴叼開圍巾，逐一查看每隻寶寶是否安全，且露出牙齒，以捍衛的姿態向著我。這是我唯一一次看到狐獴齜牙咧嘴兇猛的模樣，為的是保護弟弟妹妹，而且眼前的我對她而言是個巨人，她的身高只到我的小腿肚而已，居然毫無懼色。我再次輸給了狐獴炙熱的愛，眼淚不爭氣地流下。如此強烈守護弟弟妹妹的愛，怎麼能讓她們就這樣挨餓下去呢？但是遺憾的，太陽即將要下山了，家人的身影仍未出現。

晚上六點鐘，我們拿起無線電對講機，向另一組研究隊伍打聽蜜糖的家人。

「馬克（Mark），今天狀況怎麼樣？有看到烏克貓幫嗎？」

「滋滋～滋滋～」無線電傳來一些雜訊，我們滿心期盼著。

「今天有發現烏克貓幫的蹤跡……」正當我們挺直身子，以為會有令人雀躍的消息時……

「但是他們沒有往蜜糖的方向去，而是完全反方向。已經愈跑愈遠了！」

聽到答覆，我們三個人都坐了下來，做好最壞的心理準備了！畢竟，狐獴不會在日落後移動，因為要降低被掠食的風險。眼看天色愈來愈暗，我一邊流著眼淚，一邊看著蜜糖和寶寶們，我關掉錄影設備，不忍心再多紀錄這一刻。只是這個時候，突然有個聲音閃進我腦海裡：「起來為他們禱告吧！祈求神蹟，讓家人可以回來。」於是我起身繞著蜜糖和寶寶們，流著淚做行進禱告，我吶喊著：「上帝啊！求祢憐憫他們，蜜糖如此忠心，寶寶們如此可愛，求祢把家人帶回來吧！我的阿爸天父，我無法再經歷一次這麼深刻的生死分離了……上帝啊！我求祢，憐憫他們、幫助他們。我已經沒辦法，只能求祢了……」不記得我邊呼喊邊走了多久，眼見天色已黑，看來沒希望了……卻在此時，草叢傳出了摩擦聲，我睜大眼睛，不可置信地看著眼前發生的景象，我們看見的是烏克貓幫一家人正快速狂奔回來。蜜糖得救了，神蹟發生了！接下來的歡呼聲與喜極而泣的哭泣聲，令我永生難忘。團聚的一家火速鑽進洞穴裡，寶寶們終於可以好好吃上一頓了。

隔日我依然來到烏克貓幫的洞穴口，所有狐獴都沒有離洞穴太遠，三隻狐獴寶寶窩在爸爸的懷裡玩樂，保母蜜糖也恢復了光采，有了家人幫忙理毛，蜜糖臉上的蝨子沒了，毛順了，臉色亮了。這一天團聚的幸福時刻，一家親密的互擁磨蹭，我深信他們的未來將會無限美好。「烏克貓幫，加油喔！」我們一起經歷了一件神奇的翻轉，悲劇變成喜劇，太棒了！

就這樣我一次又一次地拜訪，至今居然已經進出沙漠五趟了，陸續紀錄下十多個狐獴家族，共計約五萬張的照片，還有近八千則的影像。

第十章、心中的最佳保母

拍攝了這麼多狐獴的相片與影片，我最喜歡的是保母狐獴與狐獴寶寶們擁在一起的可愛模樣。保母蜜糖不是唯一忠心守護弟妹的狐獴姊姊，在喀拉哈里沙漠觀察區的十多個家族，每天都有讓人為之動容的事情發生。我印象特別深刻的還有一隻公狐獴，是潘朵拉幫的土豆哥哥。我之前看到他都在別的家族，他常常鬼鬼祟祟地在旁邊蹲伏前進，設法要靠近已經性成熟的母狐獴。他生性貪玩又愛泡妞，才一歲多，模樣可愛極了，所以我們給了他一個綽號「沙漠花花公子」。也因此對他印象特別深刻。但就在家族經歷十個月大飢荒時，他收起頑皮的本性，變得成熟穩重，連續三天留守在狐獴寶寶身邊，成為最佳保母。甚至弟弟妹妹因為飢餓，把他當成媽媽，狂咬他肚皮吸吮，他仍然忍痛緊緊抱著寶寶不放手。還曾經一度因為過度飢餓，跑來向研究人員求食，讓我們十分不捨。

還有一隻天生沒有尾巴的狐獴，我稱她作無尾獴，沒有尾巴的狐獴等同失去穩穩站立的能力。才五週大的她，就必須跟隨家族踏上大遷徙的覓食之旅。我發現她不斷地學習家人站立的方式，當旁邊沒有東西可以支撐時，總會還沒站穩就翻滾倒地。但她似乎不以為意，一而再，再而三的嘗試，家人也沒有放棄她，不因為她天生的殘缺而不予理會，反倒常在覓食過程來到她身邊鼓勵她，對她的照顧勝過同胎的其他兩隻健康的寶寶。很多時候，家人都會輪流站在她身旁，成為她可以攀爬的支助。而寶寶餵食員對她的餵食量，更是其他狐獴的兩倍。就這樣在一家的守望互助下，經過無數次的跌跤後，她逐漸發展出一種歪斜式平衡法——半蹲的站立。看到她完全靠自己穩穩站起來的剎那，眼淚再次奪眶而出。我體悟到真正的勇氣就是不放棄，他們在困難中彼此不離不棄，伸出援手一起度過。

還有馬雅斯幫將近十歲的老奶奶，她是狐獴大宅門知名當家母狐獴花花的女兒美寶玲。已經是風中殘燭的她，牙齒幾乎脫落，走路顛顛簸簸。但是當女兒生下兩個外孫女，又同時遇上大飢荒時，這個難以自保的老奶奶，打起了精神加入保母行列，一起輪流照顧兩位外孫女，並努力挖掘，想找到更多食物餵飽小傢伙的嘴。看她經歷勞苦的一天，一回到洞穴就癱軟地趴在地上沉沉地睡去。兩位小孫女，就在外婆及家人的照顧下，健康地長大了！

另一次，我跟隨著青幫家族，他們正帶著三隻寶寶穿越低谷。這段路又長又沒有遮蔽物，格外危險，家族成員分擔保鑣的工作，確保孩子們平安穿越到對面的地盤。就在穿越的半途上，突然警告聲大響，天空出現了老鷹！慌亂的狐獴一家，找不到可以躲藏的地底洞穴，哥哥姊姊們下個動作是，立刻將寶寶們藏在懷裡，用自己的身體當成遮蔽物。看到這一幕，眼淚又不安分地流下來了。寧願犧牲自己的性命，也要保全家族下一代，面臨死亡的剎那，沒有一絲驚恐與畏懼。

讓人難忘的故事何止於此，每一隻狐獴都是用生命書寫著每一天、每一刻。狐獴親密的家庭關係和手足之情嶄露無遺，讓只短暫駐留在沙漠的我們淚腺特別發達，感動的事太多了。他們是真正的生命鬥士，永不放棄，日復一日為生存奮鬥著，儘管覓食時會經歷一次又一次的徒勞無功，卻不以為意。日出而作，日落而息，不管豐收或缺糧，家庭時光並不減少，他們共同的目標是讓家庭茁壯，每個人都盡本份，不計較個人得失。

第十一章、我們都需要給彼此一個狐獴抱

狐獴無法獨居生活，落單就等同於面臨死亡。覓食時需要衛兵的看守和警告、有狐獴寶寶時需要全家一起分擔保母的工作，他們以家為單位，服從當家母狐獴，聽從媽媽的指令，享受家族的溫暖，也能獲得周全的保護，展現堅毅、團結、忠誠、寬容，全家一條心實踐大愛，跨越一切挑戰。家人就是戰友，也是最親密的夥伴，福

禍與共。

除了第一趟回來的破冰擁抱，我心中裝載著狐獴滿滿的愛回到台灣，決定為愛做出更多改變——和母親修補破碎的關係。我發現一趟又一趟地觀察狐獴家族後，心裡愛的能量與力量日漸增加。過去，我心中累積了許多對母親的負面情緒，但在觀察狐獴家人相處的過程後，我釋懷了。因為狐獴默默承擔了一切人為因素的破壞，卻從來不抱怨而持續努力地生活著，家人之間也沒有隔日仇，日落的堆疊式擁抱，就是相愛和好的證明。我因而理解了母親孤單一人從日本遠嫁到台灣的辛苦，當年她對我的負面語言及情緒，也許只是她情感的一個出口，不是針對我，也不是刻意不愛我。

這樣的心境轉變，我明白也原諒了母親，並搬到跟父母同棟的大樓裡，彼此就近照顧，也大膽地開始學習擁抱我的家人，將以前不會表達的愛，失去行動力的感情逐步找回來。

因為狐獴，我的家庭生活逐漸回溫，彼此關係也比以往更親密。這樣的改變，讓我決定把狐獴的特質，還有帶給我的感動讓更多人知道，好挽回網路科技發達後，愈來愈淡薄的家庭關係。所以我將過去工作的積蓄拿出來，提筆寫書、畫畫、製作狐獴的動畫短片、剪輯出狐獴真實的故事影片、經營「狐獴媽媽開講」粉絲團、LINE@、製作許多狐獴勵志圖卡、進入各大校園分享狐獴的故事等等，為的就是傳揚他們的家庭觀念和對家人的愛，提醒我們莫忘初衷。家，才是最重要的居所，家人，更是最需要彼此相愛的對象。

狐獴的生存環境，險惡得超乎我們的想像，只要稍不謹慎，可能就是致命危機。狐獴在成長過程中所受的教育是循序漸進的，還在育嬰洞穴打滾的兩三週內，就必須將家族覓食的所有本事先學起來，所以保母的職責不是單單地照看寶寶就好，依著不同的年紀給予不同的訓練，或練習指甲扒土術，或用鼻子嗅聞確認食物的方位，或練習基本的打架技巧，唯有扎實地傳授一切生存技能，才能保

回台後投入推廣狐獴友愛的精神，提筆繪畫心中的女神艾拉。

全家族香火。除了技能傳授，他們也不忘教會寶寶們相愛，一天三次的家庭時光，互相挑蝨理毛，一起分工合作，還有每天的「狐獴抱」時間，都是相愛的實踐。

回頭看看人類，多的是小心呵護孩子的父母們，有些時候，我們也該像狐獴，學著讓孩子練習，學著放手，讓他們看看大人是怎麼在生活中奮鬥著，怎麼跌倒後重新站起，而不是事事都為孩子鋪路。而且比起狐獴，我們能輕易地用言語和舉動傳達內心的感受，心裡的愛不要掩飾，不要擔心受傷害，大膽地給心愛的父母，或疼愛的孩子一個溫暖的擁抱。

也祈願閱讀完這本書的你，今天起就給家人一個狐獴式的抱抱吧！多讚美、多鼓勵，讓愛不堵塞在心裡，能具體幻化成生活的一部份。勇敢向家人示愛，不後悔！

結語、狐獴不是寵物，是帶給你我感動的自然界的禮物

狐獴的完美特質只有在家族團聚時才會顯現，近年有不肖人士從國外引進狐獴，當成奇珍異獸以高價謀利銷售，鼓勵當成寵物放在家裡飼養。他們會因而失去挖土覓食的本能，需要修剪指甲；無法仰望天空觀察周遭環境而變得焦慮；環境的改變也同時改變了他們的天性，沒了沙漠的天然環境，室內空間根本無法滿足他們探險玩耍的需求；由於毒蠍對人類而言是致命的，所以更不可能引進毒蠍餵食狐獴，使得狐獴必須改變飲食習慣吃飼料或雞肉；孤單來到人類家庭的狐獴沒有可以互相理毛、擁抱的家人，失去家人溫暖的狐獴，是很難感到幸福快樂的。狐獴是很像人的，需要家庭的倚靠與陪伴，設想當你形單影隻，周遭完全沒有親友的支撐與幫忙時，心理的壓迫感是否總有一天會對身體健康造成影響呢？

愛，有很多種，不是非要占有才是擁有。我們都應該明白以人為中心的思考觀點是自私的，迫使動物改變習性的飼養行為是錯誤的。讓我們所愛的動物，能在適合他的生長環境中，快樂地成長吧！

◆狐獴的角色◆

填填看，每個職位需要負責的工作是什麼呢？

A. 保母

B. 警衛

C. 當家母狐獴

（　）一個家族的領袖，負責帶領指揮整個家族，分配工作給家族成員，也身兼數職，維持整個家族的秩序與規模。是家族中最不可缺少的成員，如果她遭逢不測，必須要有另一隻母狐獴承接職位，不然整個家族會陷入混亂之中。

（　）負責在制高處眼觀四方，隨時警戒著高空、地面，看有沒有任何天敵。如果出現了天敵：老鷹或是毒蛇，要趕快發出警告聲通知所有家族成員，讓狐獴家族能趕快逃跑、躲避。這個職位狐獴一家會輪流擔當喔！

（　）這工作可是一點也不輕鬆，要時時照看著小寶寶，也要負責幫小寶寶覓食，將食物嚼一嚼後再給小寶寶吃，等寶寶大一點了，要教導小寶寶們怎麼嚼碎食物、怎麼追蹤獵物、怎麼掠食，也要教他們怎麼玩耍。

◆狐獴的行為◆

填填看，照片中的行為分別是什麼呢？

D.

（　　）哺乳

F.

（　　）狐獴抱

E.

（　　）看守

叮嚀

狐獴快要沒有家可以住了？

經濟過度開發間接造成全球暖化，對動物的生存條件也產生嚴峻的考驗，人類太自以為是，把自己當成主宰地球的生物，才會不斷擴大災害。首當其衝就是乾旱，當天空不再下雨，食物鏈就失去了平衡，很多動物都因此受害，再努力也找不到東西吃。像是喀拉哈里沙漠保護區的狐獴，他們的數量也正在快速銳減中。環境與生命息息相關，今日我們繼續放縱人的慾望和意念，無限地向大自然取用一切資源，有一天當科技再也抵擋不住自然的反撲時，我們的結局不會比狐獴好。現在極端氣候造成的極熱、極冷，暴雨等，都是地球正在改變的徵兆。

為了地球，需要你我一起實際行動：減少使用塑膠製品、拒絕使用拋棄式餐具、節省用電並隨手關燈或拔插頭、冷氣溫度設定高一點、少吃肉類食品，力行一週一天素食，這可以減少肉製食品工廠的碳排放量、多走路或騎自行車，不浪費石油、少用紙張且不濫砍伐樹木、多栽種樹木、節約用水並減少使用化學洗劑等。環保的舉動，在日常生活的小細節中，其實都能輕鬆落實。當我們願意做出改變，動物的生活條件才有機會改變。

嚴格來說，我們人類成為很多動物滅絕的間接殺手，如果珍惜動物生命，我鼓勵你我一起動手做環保，小小的改變會累積出大大的成效。在更多認識狐獴後，相信你也會願意為他們盡一份心力的。

動物物語系列 ❶

忠犬小八

岩貞留美子◎著　田丸瑞穗◎攝
眞斗◎繪　謝晴◎譯
定價199元

★榮獲文化部「第38次中小學生優良課外讀物」推薦

★第68梯次好書大家讀入選圖書

等待主人十年的的狗狗

在澀谷車站前有隻大型的秋田犬，因為身上有漂亮的胸背帶，所以大家都知道牠是有人飼養的狗，但從來沒有人看過牠和主人走在一起。

牠是上野先生家的小八，牠相信過世的上野先生會回來，因此一直在澀谷車站前等他。

一等就是十個年頭，每日都抱持著希望，從漂亮的毛髮等到衰老年邁，堅持到最後一刻……

讀者感想

秋田犬視主人如命，
牠只喜歡主人，其他人都無法代替主人。
就算主人沒有跟牠玩，
牠只要待在主人身邊，就會覺得幸福。
「最愛的人就在身邊。」
這是透過小八讓我了解到的事。

「說到秋田犬，可是很懂得武士道的呢。」
秋田犬絕不逃跑，
總是接受別人的挑釁而迎戰，
牠們不巴結人，彬彬有禮，溫順，沉穩，優雅。
這樣的小八是我的英雄！

動物物語系列②

黑猩猩奇奇的冒險旅行

神戶俊平◎著
井上貴子◎繪　林冠汾◎譯
定價199元

★榮獲文化部「第38次中小學生優良課外讀物」推薦

★第68梯次好書大家讀入選圖書

一名獸醫帶著黑猩猩寶寶的非洲歷險記

為了幫助無法獨自在叢林生活的奇奇，獸醫俊平與奇奇展開了必須越過兩次國境、距離長達１６００公里的非洲旅行！

「聽說你是獸醫，對吧？這個給你。」

一名班布提族的婦人問道，我看見一隻奇怪的動物緊緊抱住婦人的腰。那隻動物身長約四十公分，看起來就像一個小嬰兒。仔細一看，我才發現那黑色物體是剛出生六個月左右的黑猩猩寶寶。

就這樣，我開始了和黑猩猩寶寶一起生活的日子。

動物物語系列 ③

聽你唸書的狗狗

今西乃子◎著　濱田一男◎攝
謝晴◎譯
定價250元

★榮獲文化部「第38次中小學生優良課外讀物」推薦

★第69梯次好書大家讀入選圖書

世界第一隻閱讀犬的誕生

雖然被人類拋棄，狗狗奧莉維亞仍然相信人類，在學校和圖書館，孩子依偎著她毛絨絨的身軀，唸書給他聽。

一個具有魔法般的活動，在孩子唸書給狗聽之後，因而獲得自信，並且喜歡自己。

當珊蒂遇見了差點被安樂死的奧莉維亞，靈光一現有了READ DOG「閱讀犬」的點子：讓孩子唸書給狗狗聽。於是奧莉維亞成為世界第一隻閱讀犬，甚至奇蹟似地治癒了學習力較慢的孩子，接著美國百所學校開始發動一連串伴讀犬活動，這些毛絨絨的老師讓閱讀成了孩子最愛做的事！

國家圖書館出版品預行編目資料

勇闖南非親狐獴／溫芳玲作、攝影 －－ 初版.
－－ 臺中市：晨星：2017.10
面； 公分. －－（蘋果文庫；80）（動物物語系列；4）

ISBN 978-986-443-345-2（平裝）

855　　106015328

蘋果文庫 080

勇闖南非親狐獴

作者、攝影	溫 芳 玲
責任編輯	呂 曉 婕
文字校對	呂 曉 婕
封面設計	伍 迺 儀
美術設計	張 蘊 方
創辦人	陳銘民
發行所	晨星出版有限公司 台中市 407 工業區 30 路 1 號 TEL:(04)23595820 FAX:(04)23550581 E-mail:service@morningstar.com.tw http://www.morningstar.com.tw 行政院新聞局局版台業字第 2500 號
法律顧問	陳思成律師
初版	西元 2017 年 10 月 01 日
郵政劃撥	22326758（晨星出版有限公司）
讀者服務專線	04-23595819#230
印刷	上好印刷股份有限公司

定價 199 **元**

（缺頁或破損，請寄回更換）

ISBN 978-986-443-345-2

Printed in Taiwan

蘋果文庫 悄悄話回函

親愛的大小朋友：

感謝您購買晨星出版蘋果文庫的書籍。歡迎您閱讀完本書後，寫下想對編輯部說的悄悄話，可以是您的閱讀心得，也可以是您的插畫作品喔！將會刊登於專刊或 FACEBOOK 上。免貼郵票，將本回函對摺黏貼後，就可以直接投遞至郵筒囉！

★購買的書是：**動物物語系列④ 勇闖南非親狐獴**

★姓名：__________ ★性別：□男 □女 ★生日：西元______年__月__日

★電話：__________ ★ e-mail：__________

★地址：□□□ ______ 縣／市 ______ 鄉／鎮／市／區

______ 路／街 ___ 段 ___ 巷 ___ 弄 ___ 號 ___ 樓／室

★職業：□學生／就讀學校：______ □老師／任教學校：______

□服務 □製造 □科技 □軍公教 □金融 □傳播 □其他 ______

★怎麼知道這本書的呢？

□老師買的 □父母買的 □自己買的 □其他 ______

★希望晨星能出版哪些青少年書籍：（複選）

□奇幻冒險 □勵志故事 □幽默故事 □推理故事 □藝術人文

□中外經典名著 □自然科學與環境教育 □漫畫 □其他 ______

★請寫下感想或意見

廣告回函
台灣中區郵政管理局
登記證第267號
免貼郵票

407 台中市工業區30路1號

晨星出版有限公司

TEL：（04）23595820 FAX：（04）23550581

e-mail：service@morningstar.com.tw

http://www.morningstar.com.tw

請延虛線摺下裝訂，謝謝！

動物物語系列④

勇闖南非親狐獴